KB099750

푸른 순간, 검은 예감

푸른 순간, 검은 예감

게오르크 트라클

김재혁 옮김

GEDICHTE
Georg Trakl

일러두기

- 게오르크 트라클의 시를 선별하여 우리말로 옮기는 데에 사용한
  텍스트는 다음과 같다.
  Georg Trakl, *Dichtungen und Briefe 1. Historisch-kritische Ausgabe.*
  Herausgegeben von Walther Killy und Hans Szklenar. 2., ergänzte
  Auflage. Wiener Verlag, Himberg 1987.

- 미주와 연보를 작성하는 데에는 다음 텍스트가 사용되었다.
  Georg Trakl, *Dichtungen und Briefe 2. Historisch-kritische Ausgabe.*
  Herausgegeben von Walther Killy und Hans Szklenar. 2., ergänzte
  Auflage. Wiener Verlag, Himberg 1987.
  Hans-Georg Kemper (Herausgeber), *Gedichte von Georg Trakl.* Reclam
  Verlag, Stuttgart 1999.

- 한국어 번역본의 제목은 트라클의 시적 특징을 본질적으로 잘 드러내줄
  수 있는 표현으로서, "푸른 순간"은 시 「어린 시절」에서, "검은 예감"은 시
  「까마귀들」에서 "진한 예감"을 변형하여 가져왔다.

차례

1부

시집 GEDICHTE

DIE RABEN

Über den schwarzen Winkel hasten
Am Mittag die Raben mit hartem Schrei.
Ihr Schatten streift an der Hirschkuh vorbei
Und manchmal sieht man sie mürrisch rasten.

O wie sie die braune Stille stören,
In der ein Acker sich verzückt,
Wie ein Weib, das schwere Ahnung berückt,
Und manchmal kann man sie keifen hören.

Um ein Aas, das sie irgendwo wittern,
Und plötzlich richten nach Nord sie den Flug
Und schwinden wie ein Leichenzug
In Lüften, die von Wollust zittern.

까마귀들[1]

검은 모퉁이 하늘 위로 까마귀 떼
한낮에 거친 울음 토하며 급히 간다.
그들의 그림자 암사슴 옆을 스친다,
가끔 심드렁히 쉬는 그들 모습 보인다.

아, 그들은 갈색의 고요[2]를 깨뜨린다,
마치 진한 예감에 빠진 여자처럼
뙈기밭 하나 황홀하게 취해 있는 고요를,
가끔 그들이 서로 다투는 소리 들린다.

그리고 어디선가 풍겨오는 사체 냄새에
그들은 갑자기 북쪽을 향해 날아간다,
그리고 장례의 행렬처럼 그들은
탐욕에 떠는 허공 중으로 사라진다.

MUSIK IM MIRABELL

(2. Fassung)

Ein Brunnen singt. Die Wolken stehn
Im klaren Blau, die weißen, zarten.
Bedächtig stille Menschen gehn
Am Abend durch den alten Garten.

Der Ahnen Marmor ist ergraut.
Ein Vogelzug streift in die Weiten.
Ein Faun mit toten Augen schaut
Nach Schatten, die ins Dunkel gleiten.

Das Laub fällt rot vom alten Baum
Und kreist herein durchs offne Fenster.
Ein Feuerschein glüht auf im Raum
Und malet trübe Angstgespenster.

Ein weißer Fremdling tritt ins Haus.
Ein Hund stürzt durch verfallene Gänge.
Die Magd löscht eine Lampe aus,
Das Ohr hört nachts Sonatenklänge.

미라벨³ 궁전의 음악

(두 번째 원고)

샘은 노래하고. 구름은 떠 있다,
맑고 푸른 하늘에 하얀 솜털구름.
생각에 잠겨 조용한 사람들은
저녁에 오래된 정원을 거닌다.

조상들의 대리석상은 잿빛으로 물들고.
철새 떼가 공활한 하늘을 날아간다.
죽은 눈빛의 목신(牧神) 하나가
어둠 쪽으로 미끄러지는 그림자를 바라본다.

고목에서는 나뭇잎 붉게 떨어져
빙빙 돌다 열린 창문으로 들어온다.
방 안에는 불빛이 타오르고
흐릿한 불안의 유령들을 그려 놓는다.

하얀 이방인 하나 집으로 들어서고.
개 한 마리 피폐한 복도로 내달린다.
하녀는 등불을 끄고,
귀는 밤에 소나타 음악을 듣는다.

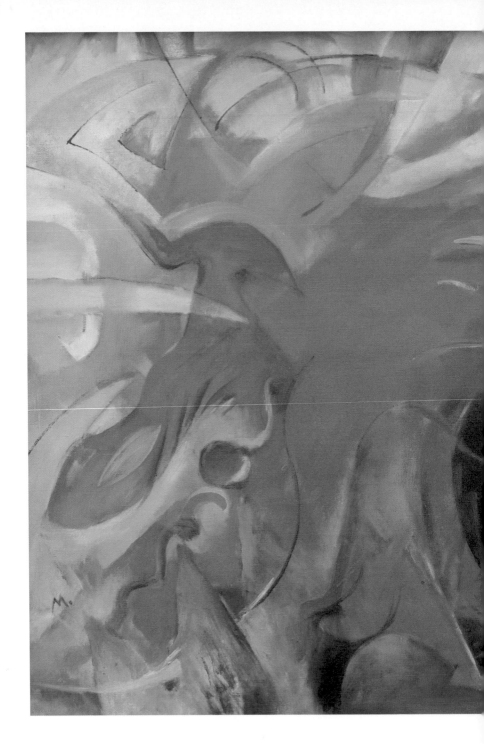

WINTERDÄMMERUNG
AN MAX VON ESTERLE

Schwarze Himmel von Metall.
Kreuz in roten Stürmen wehen
Abends hungertolle Krähen
Über Parken gram und fahl.

Im Gewölk erfriert ein Strahl;
Und vor Satans Flüchen drehen
Jene sich im Kreis und gehen
Nieder siebenfach an Zahl.

In Verfaultem süß und schal
Lautlos ihre Schnäbel mähen.
Häuser dräu'n aus stummen Nähen;
Helle im Theatersaal.

Kirchen, Brücken und Spital
Grauenvoll im Zwielicht stehen.
Blutbefleckte Linnen blähen
Segel sich auf dem Kanal.

겨울의 황혼
— 막스 폰 에스테를레[4]에게

금속 같은 검은 하늘.
붉은 폭풍에 이리저리 나부끼는
저녁 굶주림에 미친 까마귀들,
공원 하늘에 슬프고 횅한 모습.

구름 속 햇살 한 줄기 동사하고,
그리고 사탄의 저주들 앞에서
그들은 빙빙 돌다가 내려앉는다,
일곱 숫자[5]에 맞추어.

달콤하고 썩은 부패물 속에서
그들의 부리는 소리 없이 낫질한다.
묵묵히 가까운 곳에서 집들이 위협하고,
극장 안에는 흐르는 환한 빛.

교회, 다리 그리고 병원은
황혼 속에 섬뜩하게 보인다.
피로 물든 돛의 천이
운하에서 부풀어 오른다.

DIE SCHÖNE STADT

Alte Plätze sonnig schweigen.
Tief in Blau und Gold versponnen
Traumhaft hasten sanfte Nonnen
Unter schwüler Buchen Schweigen.

Aus den braun erhellten Kirchen
Schaun des Todes reine Bilder,
Großer Fürsten schöne Schilder.
Kronen schimmern in den Kirchen.

Rösser tauchen aus dem Brunnen.
Blütenkrallen drohn aus Bäumen.
Knaben spielen wirr von Träumen
Abends leise dort am Brunnen.

Mädchen stehen an den Toren,
Schauen scheu ins farbige Leben.
Ihre feuchten Lippen beben
Und sie warten an den Toren.

Zitternd flattern Glockenklänge,
Marschtakt hallt und Wacherufen.

아름다운 도시[6]

옛 광장들은 햇살 받으며 침묵하고.
푸른빛과 황금빛 속에 젖어든 채
얌전한 수녀들은 꿈결처럼 잰걸음이다,
후텁지근한 너도밤나무의 침묵 밑으로.

갈색 불빛 비치는 교회에서는
죽음의 순수한 형상들이 쳐다본다,
위대한 제후의 아름다운 문장들[7]도.
교회 안의 왕관들은 은은히 빛난다.

분수에서는 말들이 떠오르고.
나무에서는 꽃 발톱들이 위협한다.
소년들은 꿈으로 뒤숭숭해져
저녁엔 그곳 분수 가에서 논다.

소녀들은 성문 앞에 서서
화려한 삶을 수줍게 들여다본다.
그들의 촉촉한 입술이 떨리고,
그들은 성문 앞에서 기다린다.

바르르 떨며 펄럭이는 종소리들,
행진곡, 초병의 외침 울려 퍼지고.

Fremde lauschen auf den Stufen.
Hoch im Blau sind Orgelklänge.

Helle Instrumente singen.
Durch der Gärten Blätterrahmen
Schwirrt das Lachen schöner Damen.
Leise junge Mütter singen.

Heimlich haucht an blumigen Fenstern
Duft von Weihrauch, Teer und Flieder.
Silbern flimmern müde Lider
Durch die Blumen an den Fenstern.

이방인들은 계단에서 귀 기울인다.
푸른 하늘 높이 번지는 오르간 소리.

밝은 악기들이 노래를 한다.
정원의 나뭇잎 액자 틀 사이로
어여쁜 숙녀들의 웃음소리 번진다.
젊은 어머니들이 조용히 노래한다.

꽃들 가득한 창가에는 은은히
향과 타르, 라일락 향기 흐르고.
지친 눈꺼풀들 은빛으로 반짝인다,
창가의 꽃들 사이로.

IM HERBST

Die Sonnenblumen leuchten am Zaun,
Still sitzen Kranke im Sonnenschein.
Im Acker mühn sich singend die Frau'n,
Die Klosterglocken läuten darein.

Die Vögel sagen dir ferne Mär',
Die Klosterglocken läuten darein.
Vom Hof tönt sanft die Geige her.
Heut keltern sie den braunen Wein.

Da zeigt der Mensch sich froh und lind.
Heut keltern sie den braunen Wein.
Weit offen die Totenkammern sind
Und schön bemalt vom Sonnenschein.

가을에

해바라기들 울타리에서 반짝인다.
병든 사람들은 햇볕을 쬐고 있다.
아낙들은 밭에서 흥얼대며 일한다.
수도원 종들도 덩달아 울린다.

새들은 네게 먼 전설을 들려주고,
수도원 종들도 덩달아 울린다.
뜰에서 바이올린 소리 은은히 들리고.
오늘은 갈색 포도주를 짜는 날.

이때 사람은 즐겁고 기분이 좋다.
오늘은 갈색 포도주를 짜는 날.
묘실들의 문도 활짝 열려
햇살이 아름다운 수를 놓는다.

ZU ABEND MEIN HERZ

Am Abend hört man den Schrei der Fledermäuse.

Zwei Rappen springen auf der Wiese.

Der rote Ahorn rauscht.

Dem Wanderer erscheint die kleine Schenke am Weg.

Herrlich schmecken junger Wein und Nüsse.

Herrlich: betrunken zu taumeln in dämmernden Wald.

Durch schwarzes Geäst tönen schmerzliche Glocken.

Auf das Gesicht tropft Tau.

저녁에 나의 마음은[8]

저녁에 박쥐들의 울음소리 들려오고.
두 마리 가라말이 초원에서 뛰어논다.
붉은 단풍나무는 바람에 살랑거린다.
나그네에게 길가의 작은 선술집 나타나고.
새 포도주와 견과들은 맛이 훌륭하다.
어둑해져 가는 숲에서 술에 취해 비틀대는 것은 멋지다.
검은 가지사이로 고통스러운 종소리 울린다.
얼굴에 떨어지는 이슬방울.

VERKLÄRTER HERBST

Gewaltig endet so das Jahr
Mit goldnem Wein und Frucht der Gärten.
Rund schweigen Wälder wunderbar
Und sind des Einsamen Gefährten.

Da sagt der Landmann: Es ist gut.
Ihr Abendglocken lang und leise
Gebt noch zum Ende frohen Mut.
Ein Vogelzug grüßt auf der Reise.

Es ist der Liebe milde Zeit.
Im Kahn den blauen Fluß hinunter
Wie schön sich Bild an Bildchen reiht —
Das geht in Ruh und Schweigen unter.

가을의 변모

정말 장대하게 한 해가 저물어 간다,
황금빛 포도주와 정원의 과일과 함께.
주변의 숲들은 놀랍게도 조용해져,
그들은 고독한 사람의 동반자이다.

그때 시골 사람은 말한다, 좋아.
너, 길고 고요한 저녁 종소리여,
너희는 끝까지 기쁜 용기를 준다.
철새 떼가 여정에 인사를 건넨다.

지금은 사랑의 부드러운 시간.
푸른 강을 따라 나룻배를 타면
스치는 모습들 얼마나 아름다운가,
고요와 침묵 속에 모습들 가라앉는다.[9]

IM WINTER

Der Acker leuchtet weiß und kalt.
Der Himmel ist einsam und ungeheuer.
Dohlen kreisen über dem Weiher
Und Jäger steigen nieder vom Wald.

Ein Schweigen in schwarzen Wipfeln wohnt.
Ein Feuerschein huscht aus den Hütten.
Bisweilen schellt sehr fern ein Schlitten
Und langsam steigt der graue Mond.

Ein Wild verblutet sanft am Rain
Und Raben plätschern in blutigen Gossen.
Das Rohr bebt gelb und aufgeschossen.
Frost, Rauch, ein Schritt im leeren Hain.

겨울에

밭이 하얗고 차게 빛난다.
하늘은 적막하고 광대하다.
까마귀들은 연못 위에서 떠돌고,
사냥꾼들은 숲을 내려온다.

검은 우듬지에는 침묵이 산다.
불빛이 오두막에서 뛰쳐나온다.
가끔 멀리 썰매 종소리 울리고,
회색 달이 천천히 떠오른다.

논둑에서 피 흘리며 죽어 가는 들짐승.
까마귀들은 피 흥건한 도랑에서 첨벙댄다.
갈대는 흐느적거리며 노랗게 떨고 있다.
텅 빈 숲속 서리, 연기, 발걸음 소리.

MENSCHHEIT

Menschheit vor Feuerschlünden aufgestellt,
Ein Trommelwirbel, dunkler Krieger Stirnen,
Schritte durch Blutnebel; schwarzes Eisen schellt,
Verzweiflung, Nacht in traurigen Gehirnen:
Hier Evas Schatten, Jagd und rotes Geld.
Gewölk, das Licht durchbricht, das Abendmahl.
Es wohnt in Brot und Wein ein sanftes Schweigen
Und jene sind versammelt zwölf an Zahl.
Nachts schrein im Schlaf sie unter Ölbaumzweigen;
Sankt Thomas taucht die Hand ins Wundenmal.

인류[10]

인류는 화마의 아가리 앞에 세워졌다,
요란한 북소리, 검은 전사들의 이마,
피 안개를 뚫는 발걸음, 검은 쇠가 울리고,
슬픈 뇌[11]에는 절망과 밤.
이곳엔 이브의 그림자, 사냥 그리고 붉은 돈.
빛을 가로막는 구름 떼, 최후의 만찬.
빵과 포도주에는 잔잔한 침묵이 깃들고,
모인 사람 숫자는 열둘이다.
밤이면 그들은 잠결에 올리브나무 아래서 소리친다,
성 토마스가 성흔에 손을 담근다.

DE PROFUNDIS

Es ist ein Stoppelfeld, in das ein schwarzer Regen fällt.
Es ist ein brauner Baum, der einsam dasteht.
Es ist ein Zischelwind, der leere Hütten umkreist.
Wie traurig dieser Abend.

Am Weiler vorbei
Sammelt die sanfte Waise noch spärliche Ähren ein.
Ihre Augen weiden rund und goldig in der Dämmerung
Und ihr Schoß harrt des himmlischen Bräutigams.

Bei der Heimkehr
Fanden die Hirten den süßen Leib
Verwest im Dornenbusch.

Ein Schatten bin ich ferne finsteren Dörfern.
Gottes Schweigen
Trank ich aus dem Brunnen des Hains.

Auf meine Stirne tritt kaltes Metall
Spinnen suchen mein Herz.
Es ist ein Licht, das in meinem Mund erlöscht.

심연에서[12]

한 줄기 검은 비가 내리는 그것은 가을걷이 끝난 밭,
쓸쓸히 서 있는 그것은 갈색 나무 한 그루,
텅 빈 오두막들을 맴도는 그것은 쉭쉭거리는 바람,
이 저녁 서러워라.

작은 마을을 지나면
순진한 고아 소녀가 아직 남은 이삭을 줍는다.
그녀의 눈은 황금빛으로 둥글게 황혼 속에 풀을 뜯고
그녀의 품은 천상의 신랑을 기다린다.

집으로 돌아가는 길에
목동들은 가시덤불 속에서 썩은
달콤한 육체를 보았다.

저 멀리 캄캄한 마을들에겐 나는 그림자일 뿐.
숲속의 샘에서
나는 신의 침묵을 마셨다.

나의 이마를 차가운 금속이 밟는다.
거미 떼가 나의 심장을 더듬어 찾는다.
내 입안에서 꺼지는 그것은 한 줄기 빛살.

Nachts fand ich mich auf einer Heide,

Starrend von Unrat und Staub der Sterne.

Im Haselgebüsch

Klangen wieder kristallne Engel.

밤마다 나는 황야에서 나를 발견했다,
주위엔 쓰레기와 별들의 먼지뿐.
개암나무 덤불에서
수정 같은 천사의 노래가 다시 울려왔다.

TROMPETEN

Unter verschnittenen Weiden, wo braune Kinder spielen
Und Blätter treiben, tönen Trompeten. Ein Kirchhofsschauer.
Fahnen von Scharlach stürzen durch des Ahorns Trauer,
Reiter entlang an Roggenfeldern, leeren Mühlen.

Oder Hirten singen nachts und Hirsche treten
In den Kreis ihrer Feuer, des Hains uralte Trauer,
Tanzende heben sich von einer schwarzen Mauer;
Fahnen von Scharlach, Lachen, Wahnsinn, Trompeten.

트럼펫

갈색[13] 아이들이 놀고 있고 나뭇잎이 휘날리는
전정된 버드나무 아래 트럼펫이 울린다. 교회 묘지의 전율.
진홍의 깃발들이 단풍나무의 슬픔 사이로 휘날리고,
기수들은 호밀밭과 텅 빈 물방앗간을 따라 달린다.

또는 목동들은 밤에 노래하고, 사슴들은 자신들의
불의 권역으로, 숲의 태곳적 슬픔 속으로 걸어 들어간다.
춤추는 사람들은 검은 담장에서 우뚝 솟고,
진홍색[14] 깃발들, 웃음소리, 광기, 트럼펫 소리.

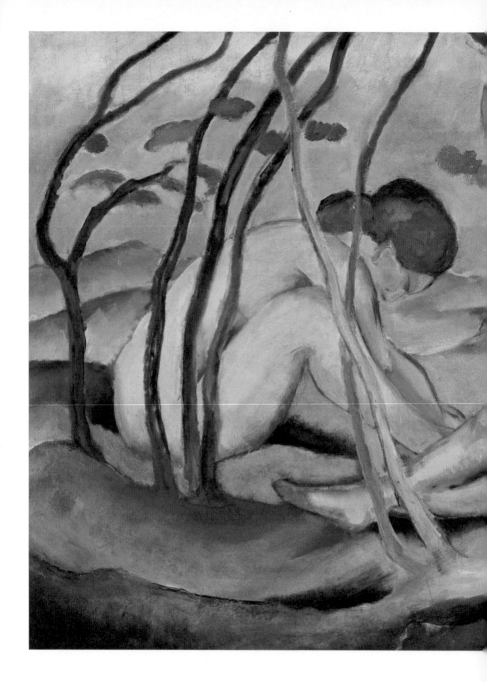

HEITERER FRÜHLING

(2. Fassung)

1

Am Bach, der durch das gelbe Brachfeld fließt,
Zieht noch das dürre Rohr vom vorigen Jahr.
Durchs Graue gleiten Klänge wunderbar,
Vorüberweht ein Hauch von warmem Mist.

An Weiden baumeln Kätzchen sacht im Wind,
Sein traurig Lied singt träumend ein Soldat.
Ein Wiesenstreifen saust verweht und matt,
Ein Kind steht in Konturen weich und lind.

Die Birken dort, der schwarze Dornenstrauch,
Auch fliehn im Rauch Gestalten aufgelöst.
Hell Grünes blüht und anderes verwest
Und Kröten schliefen durch den jungen Lauch.

2

Dich lieb ich treu du derbe Wäscherin.
Noch trägt die Flut des Himmels goldene Last.
Ein Fischlein blitzt vorüber und verblaßt;
Ein wächsern Antlitz fließt durch Erlen hin.

화창한 봄
(두 번째 원고)

1
노란 휴경지 사이로 흐르는 시냇물 옆에
작년의 마른 갈대가 여전히 흔들리고 있다.
잿빛 풍경 사이로 소리들 멋지게 흐르고,
훈훈한 두엄 냄새 코끝을 스친다.

버드나무의 겨울눈 바람에 가만히 흔들리고,
병사 하나 꿈에 취해 슬픈 노래를 부른다.
목초지로 바람 불어 마른 잎들 휘날리고,
아이 하나 흐릿한 실루엣으로 서 있다.

저편 자작나무, 검은 가시나무 덤불도
연기 속에 모습들 무너진 채 도망친다.
밝은 초록은 피어나고 다른 것들은 썩는다.
두꺼비들은 어린 파들 속에 잠들어 있다.

2
나는 그대 빨래하는 당찬 처녀를 참으로 사랑한다.
아직도 냇물은 하늘의 황금빛 짐을 나르고,
물고기 한 마리 반짝 빛을 내며 사라지고,
푸석한 얼굴 하나 오리나무들 사이로 흘러간다.

In Gärten sinken Glocken lang und leis
Ein kleiner Vogel trällert wie verrückt.
Das sanfte Korn schwillt leise und verzückt
Und Bienen sammeln noch mit ernstem Fleiß.

Komm Liebe nun zum müden Arbeitsmann!
In seine Hütte fällt ein lauer Strahl.
Der Wald strömt durch den Abend herb und fahl
Und Knospen knistern heiter dann und wann.

3

Wie scheint doch alles Werdende so krank!
Ein Fieberhauch um einen Weiler kreist;
Doch aus Gezweigen winkt ein sanfter Geist
Und öffnet das Gemüte weit und bang.

Ein blühender Erguß verrinnt sehr sacht
Und Ungebornes pflegt der eignen Ruh.
Die Liebenden blühn ihren Sternen zu
Und süßer fließt ihr Odem durch die Nacht.

So schmerzlich gut und wahrhaft ist, was lebt;

정원에는 종소리 길고 나직하게 깔리고,
작은 새 한 마리 미친 듯 재잘댄다.
가만한 씨앗은 조용히 황홀하게 부풀고,
벌들은 여전히 열성을 다해 모으고 있다.

사랑이여, 이제 이 지친 일꾼에게 어서 오라!
그의 오두막에 부드러운 햇살 드나니.
숲은 저녁 사이로 떫고 창백하게 흐르고,
이따금 꽃봉오리들 바스락대는 소리 들린다.

3
생성 중인 것은 다 이렇게 아파 보인다!
촌락 주위로 열병의 기운이 감돌지만,
가지 사이에서 정령이 살며시 손짓하여
이 마음을 두렵도록 활짝 열어 준다.

피어나는 분출은 아주 살며시 진행되고,
태어나지 않은 것은 제 안식을 챙긴다.
연인들은 그들의 별들을 향해 피어나고,
그들의 숨결은 밤새 더 달콤하게 흐른다.

살아 있는 것은 이리 고통스럽게 좋고 참되다.

Und leise rührt dich an ein alter Stein:

Wahrlich! Ich werde immer bei euch sein.

O Mund! der durch die Silberweide bebt.

오래된 돌멩이 하나가 가만히 너를 건드린다.
참말이지! 나는 언제나 너희와 함께하리라.
오, 입이여! 은버들 사이로 떠는 입이여.

TRÜBSINN
(1. Fassung)

Weltunglück geistert durch den Nachmittag.

Baraken fliehn durch Gärtchen braun und wüst.

Lichtschnuppen gaukeln um verbrannten Mist,

Zwei Schläfer schwanken heimwärts, grau und vag.

Auf der verdorrten Wiese läuft ein Kind

Und spielt mit seinen Augen schwarz und glatt.

Das Gold tropft von den Büschen trüb und matt.

Ein alter Mann dreht traurig sich im Wind.

Am Abend wieder über meinem Haupt

Saturn lenkt stumm ein elendes Geschick.

Ein Baum, ein Hund tritt hinter sich zurück

Und schwarz schwankt Gottes Himmel und entlaubt.

Ein Fischlein gleitet schnell hinab den Bach;

Und leise rührt des toten Freundes Hand

Und glättet liebend Stirne und Gewand.

Ein Licht ruft Schatten in den Zimmern wach.

우울

(첫 번째 원고)

세계의 불행이 오후 내내 유령처럼 떠돈다.
판잣집들이 정원들 사이로 도망친다, 갈색으로 황폐하게.
불탄 거름 주위로 불똥들이 날아다닌다.
두 잠꾸러기가 집을 향해 비틀대며 간다, 잿빛으로
    어렴풋이.

바싹 마른 초원 위를 한 어린아이가 달려가며
두 눈을 굴려 본다, 까맣게 반짝이며.
황금빛 물방울이 수풀에서 떨어진다, 지쳐 침울하게.
한 노인이 바람 속에 슬프게 몸을 돌린다.

저녁에 또다시 나의 머리 위에서
토성이 말없이 비참한 운명을 섭리한다.
나무가 강아지처럼 한 발짝 뒤로 물러선다.
그리고 검게 신의 하늘이 흔들리며 잎이 진다.

작은 물고기가 냇물을 따라 빠르게 미끄러져 내려온다.
그리고 가만히 죽은 친구의 손이 움직인다.
그리고 사랑스레 이마와 긴 외투가 펴진다.
불빛이 방으로 들어와 그림자를 깨운다.

IN DEN NACHMITTAG GEFLÜSTERT

Sonne, herbstlich dünn und zag,
Und das Obst fällt von den Bäumen.
Stille wohnt in blauen Räumen
Einen langen Nachmittag.

Sterbeklänge von Metall;
Und ein weißes Tier bricht nieder.
Brauner Mädchen rauhe Lieder
Sind verweht im Blätterfall.

Stirne Gottes Farben träumt,
Spürt des Wahnsinns sanfte Flügel.
Schatten drehen sich am Hügel
Von Verwesung schwarz umsäumt.

Dämmerung voll Ruh und Wein;
Traurige Guitarren rinnen.
Und zur milden Lampe drinnen
Kehrst du wie im Traume ein.

오후에게 속삭이다

가을의 옅고 약한 태양,
과일은 나무에서 떨어지고,
푸른 방들 속에는 오후 내내
고요만이 살고 있다.

금속이 내는 죽음의 소리,
하얀 짐승 하나 쓰러진다.
갈색 소녀들의 거친 눈꺼풀은
낙엽 사이로 흩날린다.

이마는 신의 색깔들을 꿈꾸고
광기의 가벼운 날개를 느낀다.
언덕에는 그림자들이 휘돈다,
부패의 검은 띠를 두른 채.

휴식과 포도주 가득한 어스름.
슬픈 기타 가락이 흐른다.
너는 꿈을 꾸듯 등불 켜진
방 안쪽으로 들어간다.[15]

AN DIE SCHWESTER

Wo du gehst wird Herbst und Abend,
Blaues Wild, das unter Bäumen tönt,
Einsamer Weiher am Abend.

Leise der Flug der Vögel tönt,
Die Schwermut über deinen Augenbogen.
Dein schmales Lächeln tönt.

Gott hat deine Lider verbogen.
Sterne suchen nachts, Karfreitagskind,
Deinen Stirnenbogen.

누이에게

네가 가는 곳마다 가을이 되고 저녁이 된다,
나무들 밑에서 소리 내는 파란 짐승,
저녁의 쓸쓸한 연못.

날아가는 새들의 날갯짓이 조용히 들리고,
너의 눈두덩 위에 어리는 우울.
너의 옅은 미소가 울린다.

신은 너의 눈꺼풀을 뒤틀어 놓았다.
수난절 아이야, 별들은 밤마다
너의 둥근 이마를 찾는다.

VERFALL

Am Abend, wenn die Glocken Frieden läuten,
Folg ich der Vögel wundervollen Flügen,
Die lang geschart, gleich frommen Pilgerzügen,
Entschwinden in den herbstlich klaren Weiten.

Hinwandelnd durch den dämmervollen Garten
Träum ich nach ihren helleren Geschicken
Und fühl der Stunden Weiser kaum mehr rücken.
So folg ich über Wolken ihren Fahrten.

Da macht ein Hauch mich von Verfall erzittern.
Die Amsel klagt in den entlaubten Zweigen.
Es schwankt der rote Wein an rostigen Gittern,

Indes wie blasser Kinder Todesreigen
Um dunkle Brunnenränder, die verwittern,
Im Wind sich fröstelnd blaue Astern neigen.

조락(凋落)

저녁, 종들이 평화의 소리를 울리면,
나는 새들의 놀라운 비상(飛翔)을 좇는다.
새들은 길게 떼를 이뤄 경건한 순례 행렬처럼
가을의 맑고 공활한 하늘로 사라져 간다.

어스름 가득한 정원을 거닐면서 나는
이들의 더 밝은 운명을 꿈꾼다.
시계 바늘은 움직이지 않는 듯하다.
그렇게 구름 너머 가는 그들을 좇는다.

그때 한 자락 조락의 바람에 나는 떤다.
개똥지빠귀는 앙상한 나뭇가지에서 울고,
녹슨 격자엔 붉은 포도 넝쿨이 흔들린다.

한편 창백한 아이들의 죽음의 윤무처럼
비바람에 이운 어두운 우물가에는
바람결에 푸른 과꽃들이 떨며 눕는다.

ABENDLIED

Am Abend, wenn wir auf dunklen Pfaden gehn,
Erscheinen unsere bleichen Gestalten vor uns.

Wenn uns dürstet,
Trinken wir die weißen Wasser des Teichs,
Die Süße unserer traurigen Kindheit.

Erstorbene ruhen wir unterm Hollundergebüsch,
Schaun den grauen Möven zu.

Frühlingsgewölke steigen über die finstere Stadt,
Die der Mönche edlere Zeiten schweigt.

Da ich deine schmalen Hände nahm
Schlugst du leise die runden Augen auf,
Dieses ist lange her.

Doch wenn dunkler Wohllaut die Seele heimsucht,
Erscheinst du Weiße in des Freundes herbstlicher Landschaft.

저녁 노래

저녁에 우리[16]가 어두운 오솔길을 걸어갈 때면
우리 앞에는 우리의 창백한 모습들이 나타난다.

목마를 때면
우리는 연못의 하얀 물을 마신다,
우리 슬픈 어린 시절의 달콤함을.

죽은 자들인 우리는 딱총나무 숲 아래 쉬면서
잿빛 갈매기들을 쳐다본다.

어두운 도시 위로 봄의 구름이 떠올라
수도사들의 고귀한 시절이 침묵한다.

내가 너의 가냘픈 손을 잡으면
너는 살며시 둥근 눈을 뜨곤 했다.
오래전 일이다.

하지만 어두운 화음이 내 영혼을 치면
하얀 너는 친구의 가을 풍경 속에 나타난다.

NACHTLIED

Des Unbewegten Odem. Ein Tiergesicht
Erstarrt vor Bläue, ihrer Heiligkeit.
Gewaltig ist das Schweigen im Stein;

Die Maske eines nächtlichen Vogels. Sanfter Dreiklang
Verklingt in einem. Elai! dein Antlitz
Beugt sich sprachlos über bläuliche Wasser.

O! ihr stillen Spiegel der Wahrheit.
An des Einsamen elfenbeinerner Schläfe
Erscheint der Abglanz gefallener Engel.

밤 노래

움직이지 않는 자의 숨결.[17] 짐승의 얼굴은
푸름 앞에, 그 신성함 앞에 굳는다.
돌 속의 침묵은 엄청나다.

야조(夜鳥)의 가면. 부드러운 3화음이
한 음으로 울려 사라진다. 엘라이![18] 너의 얼굴은
푸른 물 위로 말없이 수그러진다.

오! 너희 진리의 조용한 거울이여.
고독한 사람의 상앗빛 관자놀이에
타락 천사들의 반영(反映)이 나타난다.

HELIAN

In den einsamen Stunden des Geistes
Ist es schön, in der Sonne zu gehn
An den gelben Mauern des Sommers hin.
Leise klingen die Schritte im Gras; doch immer schläft
Der Sohn des Pan im grauen Marmor.

Abends auf der Terrasse betranken wir uns mit braunem Wein.
Rötlich glüht der Pfirsich im Laub;
Sanfte Sonate, frohes Lachen.

Schön ist die Stille der Nacht.
Auf dunklem Plan
Begegnen wir uns mit Hirten und weißen Sternen.

Wenn es Herbst geworden ist
Zeigt sich nüchterne Klarheit im Hain.
Besänftigte wandeln wir an roten Mauern hin
Und die runden Augen folgen dem Flug der Vögel.
Am Abend sinkt das weiße Wasser in Graburnen.

In kahlen Gezweigen feiert der Himmel.
In reinen Händen trägt der Landmann Brot und Wein

헬리안[19]

정신이 외로운 시간에
햇살을 받으며 여름의 노란
담장을 따라 걷는 것은 멋진 일이다.
풀 길에 울리는 나직한 발걸음 소리. 하지만 판의 아들은
언제나 잿빛 대리석 속에 잠들어 있다.

저녁엔 우리는 테라스에서 갈색 포도주를 마시고 취했다.
나뭇잎 사이로 복숭아는 붉게 타오르고,
부드러운 소나타, 즐거운 웃음소리.

밤의 고요는 아름답다.
어두운 평원에서
우리는 목동과 흰 별들을 만난다.

가을이 무르익으면
숲에는 깨끗한 청명함이 나타난다.
위무받은 우리는 붉은 담벼락을 따라 거닐고
둥근 두 눈은 날아가는 새들을 쫓는다.
저녁이면 하얀 물은 납골단지 속으로 가라앉는다.

앙상한 나뭇가지 사이에서 하늘은 함께 즐거워하고,
농부는 깨끗한 양손에 빵과 포도주를 나르고,

Und friedlich reifen die Früchte in sonniger Kammer.

O wie ernst ist das Antlitz der teueren Toten.
Doch die Seele erfreut gerechtes Anschaun.

Gewaltig ist das Schweigen des verwüsteten Gartens,
Da der junge Novize die Stirne mit braunem Laub bekränzt,
Sein Odem eisiges Gold trinkt.

Die Hände rühren das Alter bläulicher Wasser
Oder in kalter Nacht die weißen Wangen der Schwestern.

Leise und harmonisch ist ein Gang an freundlichen Zimmern hin,
Wo Einsamkeit ist und das Rauschen des Ahorns,
Wo vielleicht noch die Drossel singt.

Schön ist der Mensch und erscheinend im Dunkel,
Wenn er staunend Arme und Beine bewegt,
Und in purpurnen Höhlen stille die Augen rollen.

Zur Vesper verliert sich der Fremdling in schwarzer
    Novemberzerstörung,

햇볕 드는 광에서는 과일들이 평화롭게 익어 간다.

오, 사랑하는 망자들의 얼굴은 정말 진지하구나.
하지만 올바른 응시에 영혼은 기뻐한다.

황폐한 정원의 침묵은 어마어마하다.
그때 젊은 수련 수도사는 이마에 갈색 나뭇잎을 두르고,
그의 숨결은 얼음 같은 황금을 들이킨다.

두 손은 파란 물의 고색창연을 어루만지거나
추운 밤에 누이들의 하얀 뺨을 어루만진다.

정겨운 방들을 따라 조용히 조화롭게 걸어가면,
그곳엔 고독이 있고 단풍나무의 살랑거림이 있고,
그곳엔 어쩌면 아직 개똥지빠귀가 노래하리라.

아름다워라, 인간은, 어둠 속에서 나타나거나,
놀라움에 팔과 다리를 움직이거나,
자주색 동굴에서 조용히 눈동자를 굴릴 때면.

저녁 기도 때 이방인은 11월의 검은 파괴 속에 길을 잃고,

Unter morschem Geäst, an Mauern voll Aussatz hin,
Wo vordem der heilige Bruder gegangen,
Versunken in das sanfte Saitenspiel seines Wahnsinns,

O wie einsam endet der Abendwind.
Ersterbend neigt sich das Haupt im Dunkel des Ölbaums.

Erschütternd ist der Untergang des Geschlechts.
In dieser Stunde füllen sich die Augen des Schauenden
Mit dem Gold seiner Sterne.

Am Abend versinkt ein Glockenspiel, das nicht mehr tönt,
Verfallen die schwarzen Mauern am Platz,
Ruft der tote Soldat zum Gebet.

Ein bleicher Engel
Tritt der Sohn ins leere Haus seiner Väter.

Die Schwestern sind ferne zu weißen Greisen gegangen.
Nachts fand sie der Schläfer unter den Säulen im Hausflur,
Zurückgekehrt von traurigen Pilgerschaften.

썩은 나뭇가지 아래, 문둥병 천지의 벽을 따라
예전에 성스러운 형제가 갔던 길을 가며
그의 광기의 부드러운 현악 연주에 빠져든다.

오, 저녁 바람은 얼마나 쓸쓸하게 그치는가.
올리브나무의 어둠 속에서 머리는 죽어 가며 기운다.

종족의 몰락은 충격적이다.
이 시간에 바라보는 자의 눈은
그의 별들의 황금빛으로 가득 찬다.

저녁에 종소리는 잦아들어 더는 울리지 않는다.
광장 옆의 검은 장벽들은 무너지고,
죽은 병사는 기도를 외친다.

창백한 천사
아들이 그 아버지들의 텅 빈 집으로 들어선다.

누이들은 멀리 백발의 노인들에게로 가고 없다.
밤에, 잠든 그는 복도의 기둥들 사이에서 그들을 발견했다,
슬픈 순례에서 돌아온 그들을.

O wie starrt von Kot und Würmern ihr Haar,

Da er darein mit silbernen Füßen steht,

Und jene verstorben aus kahlen Zimmern treten.

O ihr Psalmen in feurigen Mitternachtsregen,

Da die Knechte mit Nesseln die sanften Augen schlugen,

Die kindlichen Früchte des Hollunders

Sich staunend neigen über ein leeres Grab.

Leise rollen vergilbte Monde

Über die Fieberlinnen des Jünglings,

Eh dem Schweigen des Winters folgt.

Ein erhabenes Schicksal sinnt den Kidron hinab,

Wo die Zeder, ein weiches Geschöpf,

Sich unter den blauen Brauen des Vaters entfaltet,

Über die Weide nachts ein Schäfer seine Herde führt.

Oder es sind Schreie im Schlaf,

Wenn ein eherner Engel im Hain den Menschen antritt,

Das Fleisch des Heiligen auf glühendem Rost hinschmilzt.

Um die Lehmhütten rankt purpurner Wein,

오, 그들의 머리카락은 오물과 구더기 천지였다.
그가 은으로 된 발로 그곳에 서 있고,
그들은 죽어서 황량한 방에서 걸어 나올 때.

오, 불꽃처럼 쏟아지는 한밤중 빗발 속의 찬송가여,
그때 머슴들이 쐐기풀로 부드러운 눈을 치니,
딱총나무의 어린 열매들은
놀라서 텅 빈 무덤 위로 몸을 숙인다.

노란 달들은 조용히 굴러간다,
젊은이가 열병으로 누워 있는 침상 위로,
겨울의 침묵이 당도하기 전에.

숭고한 운명이 키드론 계곡[20]을 따라가며 생각한다,
그곳은 부드러운 피조물 삼나무가
아버지의 파란 눈썹 아래 펼쳐지고,
밤에는 초원 너머로 목동이 양 떼를 몰고 가는 곳.
또는 그곳엔 잠결에 지르는 비명 소리가 있다,
청동의 천사 하나가 숲에서 인간들에게 다가올 때,
성자의 살이 불판 위에서 녹아내릴 때.

움막집 주위로 자줏빛 포도 넝쿨이 오르고,

Tönende Bündel vergilbten Korns,

Das Summen der Bienen, der Flug des Kranichs.

Am Abend begegnen sich Auferstandene auf Felsenpfaden.

In schwarzen Wassern spiegeln sich Aussätzige;

Oder sie öffnen die kotbefleckten Gewänder

Weinend dem balsamischen Wind, der vom rosigen Hügel weht.

Schlanke Mägde tasten durch die Gassen der Nacht,

Ob sie den liebenden Hirten fänden.

Sonnabends tönt in den Hütten sanfter Gesang.

Lasset das Lied auch des Knaben gedenken,

Seines Wahnsinns, und weißer Brauen und seines Hingangs,

Des Verwesten, der bläulich die Augen aufschlägt.

O wie traurig ist dieses Wiedersehn.

Die Stufen des Wahnsinns in schwarzen Zimmern,

Die Schatten der Alten unter der offenen Tür,

Da Helians Seele sich im rosigen Spiegel beschaut

Und Schnee und Aussatz von seiner Stirne sinken.

누렇게 익은 곡식 단이 구르는 소리,
벌들이 윙윙대는 소리, 두루미의 비상 소리.
저녁에는 암벽 사이로 난 오솔길에서 부활한 자들이 만난다.

검은 물에는 문둥이들이 비치고,
또는 그들은 오물 천지의 옷을 열어 보인다,
울면서, 장미 언덕에서 불어오는 향기로운 바람에게.

날씬한 하녀들은 밤의 골목을 더듬으며 걸어간다,
혹시 사랑하는 목동을 찾을까 하여.
토요일에는 오두막마다 노랫소리 들린다.

그 노래가 소년을 기억하게 하라,
그의 광기를, 하얀 눈썹을 그리고 그의 죽음을,
부패한 자를, 파랗게 눈을 뜨는 그를.
오, 이런 재회는 정말 슬프구나.

검은 방 속 광기의 계단을,
열린 문 아래의 노인들의 그림자,
헬리안의 영혼은 장미 거울에 자신을 비춰 보고,
눈과 나병 부스럼이 그의 이마에서 떨어진다.

An den Wänden sind die Sterne erloschen
Und die weißen Gestalten des Lichts.

Dem Teppich entsteigt Gebein der Gräber,
Das Schweigen verfallener Kreuze am Hügel,
Des Weihrauchs Süße im purpurnen Nachtwind.

O ihr zerbrochenen Augen in schwarzen Mündern,
Da der Enkel in sanfter Umnachtung
Einsam dem dunkleren Ende nachsinnt,
Der stille Gott die blauen Lider über ihn senkt.

벽에 비치던 별빛은 꺼졌고
빛의 하얀 형상들도 사라졌다.

양탄자에서는 무덤의 뼈들이 올라오고,
언덕 위 버려진 십자가들의 침묵도 올라오고,
자줏빛 밤바람에 실려 달콤한 향 내음도 올라온다.

오, 너희 검은 입 속의 부서진 눈들아,
그때 손자는 살짝 광기에 사로잡혀
쓸쓸히 더 어두운 종말을 생각하고,
조용한 신이 푸른 눈꺼풀로 그를 덮어 준다.

2부

꿈속의 제바스티안 SEBASTIAN IM TRAUM

KINDHEIT

Voll Früchten der Hollunder; ruhig wohnte die Kindheit
In blauer Höhle. Über vergangenen Pfad,
Wo nun bräunlich das wilde Gras saust,
Sinnt das stille Geäst; das Rauschen des Laubs

Ein gleiches, wenn das blaue Wasser im Felsen tönt.
Sanft ist der Amsel Klage. Ein Hirt
Folgt sprachlos der Sonne, die vom herbstlichen Hügel rollt.

Ein blauer Augenblick ist nur mehr Seele.
Am Waldsaum zeigt sich ein scheues Wild und friedlich
Ruhn im Grund die alten Glocken und finsteren Weiler.

Frömmer kennst du den Sinn der dunklen Jahre,
Kühle und Herbst in einsamen Zimmern;
Und in heiliger Bläue läuten leuchtende Schritte fort.

Leise klirrt ein offenes Fenster; zu Tränen
Rührt der Anblick des verfallenen Friedhofs am Hügel,
Erinnerung an erzählte Legenden; doch manchmal erhellt sich
    die Seele,
Wenn sie frohe Menschen denkt, dunkelgoldene Frühlingstage.

어린 시절

딱총나무 열매 주렁주렁. 어린 시절은 조용히
파란 동굴에서 살았다. 이제는 야생의 풀들
갈색으로 소리 내는 지나온 오솔길을 조용한
나뭇가지는 생각한다. 나뭇잎의 속삭임 소리는

푸른 물이 바위에서 내는 소리와 똑같다.
지빠귀의 울음소리는 부드럽고. 목동 하나
가을 언덕을 굴러 내려오는 태양을 말없이 좇는다.

푸른 순간에는 혼이 더 많이 실려 있다.
숲 가에는 겁먹은 짐승 하나 보이고, 계곡에는
낡은 종들과 어두운 마을들 평화롭게 쉬고 있다.

너는 어두운 시절의 의미를 더 경건하게 새긴다.
외로운 방의 서늘함과 가을을.
성스러운 푸름 속에서는 밝은 걸음 소리 계속 울린다.

열린 창문은 가볍게 덜거덕거리고. 언덕 위의
피폐한 공동묘지 모습에 눈물이 고인다,
들었던 전설의 기억에. 하지만 가끔 영혼은 밝아진다,
즐거운 사람들을, 짙은 황금빛 봄날을 생각할 때면.

LANDSCHAFT
(2. Fassung)

Septemberabend; traurig tönen die dunklen Rufe der Hirten

Durch das dämmernde Dorf; Feuer sprüht in der Schmiede.

Gewaltig bäumt sich ein schwarzes Pferd; die hyazinthenen

   Locken der Magd

Haschen nach der Inbrunst seiner purpurnen Nüstern.

Leise erstarrt am Saum des Waldes der Schrei der Hirschkuh

Und die gelben Blumen des Herbstes

Neigen sich sprachlos über das blaue Antlitz des Teichs.

In roter Flamme verbrannte ein Baum; aufflattern mit dunklen

   Gesichtern die Fledermäuse.

풍경[21]

(두 번째 원고)

9월 저녁. 목동들의 어두운 외침 소리가 땅거미 지는
마을에 슬프게 들려오고, 대장간에서는 불꽃이 인다.
흑마는 힘차게 뒷발로 서고, 히아신스 꽃은 하녀의
    곱슬머리는
말의 자줏빛 콧구멍의 불타는 격정을 잡으려 한다.[22]
숲 가에서는 암사슴의 울음소리 살며시 굳어져 가고
가을의 노란 꽃들은
말없이 연못의 파란 얼굴 위로 고개를 숙인다.
나무 한 그루 붉게 탔고, 박쥐들은 어두운 얼굴로 푸드덕
    날아오른다.

AN DEN KNABEN ELIS

Elis, wenn die Amsel im schwarzen Wald ruft,
Dieses ist dein Untergang.
Deine Lippen trinken die Kühle des blauen Felsenquells.

Laß, wenn deine Stirne leise blutet
Uralte Legenden
Und dunkle Deutung des Vogelflugs.

Du aber gehst mit weichen Schritten in die Nacht,
Die voll purpurner Trauben hängt
Und du regst die Arme schöner im Blau.

Ein Dornenbusch tönt,
Wo deine mondenen Augen sind.
O, wie lange bist, Elis, du verstorben.

Dein Leib ist eine Hyazinthe,
In die ein Mönch die wächsernen Finger taucht.
Eine schwarze Höhle ist unser Schweigen,

Daraus bisweilen ein sanftes Tier tritt
Und langsam die schweren Lider senkt.

소년 엘리스[23]에게

엘리스, 개똥지빠귀가 검은 숲에서 외치면,
그것은 너의 종말.
너의 입술은 푸른 바위 샘물의 서늘함을 마신다.

네 이마가 조용히 피 흘리면, 그만두어라,
태곳적 전설들과
새의 비상의 어두운 해석을.

그러나 너는 부드러운 발걸음으로 밤 속으로 들어간다,
자줏빛 포도송이 주렁주렁 열린 밤 속으로,
그리고 너는 푸름 속에서 더 아름답게 양팔을 움직인다.

너의 달 같은 두 눈이 있을 때
가시나무 덤불에서 소리가 울린다.
오, 엘리스, 너는 얼마나 오랫동안 죽어 있었는가.

너의 육체는 히아신스,
수도사가 밀랍 같은 손가락을 담가 보는 히아신스.
우리의 침묵은 검은 동굴이다.

거기서 가끔 온순한 짐승 한 마리 나오고
천천히 무거운 눈꺼풀이 닫힌다.

Auf deine Schläfen tropft schwarzer Tau,

Das letzte Gold verfallener Sterne.

너의 관자놀이로 검은 이슬이 떨어진다,

꺼진 별들의 마지막 황금빛.

ELIS

(3. Fassung)

1

Vollkommen ist die Stille dieses goldenen Tags.

Unter alten Eichen

Erscheinst du, Elis, ein Ruhender mit runden Augen.

Ihre Bläue spiegelt den Schlummer der Liebenden.

An deinem Mund

Verstummten ihre rosigen Seufzer.

Am Abend zog der Fischer die schweren Netze ein.

Ein guter Hirt

Führt seine Herde am Waldsaum hin.

O! wie gerecht sind, Elis, alle deine Tage.

Leise sinkt

An kahlen Mauern des Ölbaums blaue Stille,

Erstirbt eines Greisen dunkler Gesang.

Ein goldener Kahn

Schaukelt, Elis, dein Herz am einsamen Himmel.

엘리스

(세 번째 원고)

1

이 황금빛 날의 고요는 완벽하다.
늙은 떡갈나무 아래
너는 나타난다, 엘리스, 둥근 눈의 안식하는 자.

그 눈의 푸른빛에는 연인들의 잠이 어른거린다.
너의 입에는
그들의 장밋빛 한숨이 침묵하고 있다.

저녁에 어부는 무거운 그물을 끌어올렸다.
훌륭한 목동은
그의 가축 떼를 숲 가로 몰고 간다.
오! 엘리스, 너의 날들은 얼마나 올바른가.

올리브나무의 앙상한 담벼락에는
푸른 고요가 조용히 내려앉고,
한 노인의 어두운 노랫소리 스러진다.

황금빛 조각배가
외로운 하늘에서 네 마음을 흔든다, 엘리스.

2

Ein sanftes Glockenspiel tönt in Elis' Brust
Am Abend,
Da sein Haupt ins schwarze Kissen sinkt.

Ein blaues Wild
Blutet leise im Dornengestrüpp.

Ein brauner Baum steht abgeschieden da;
Seine blauen Früchte fielen von ihm.

Zeichen und Sterne
Versinken leise im Abendweiher.

Hinter dem Hügel ist es Winter geworden.

Blaue Tauben
Trinken nachts den eisigen Schweiß,
Der von Elis' kristallener Stirne rinnt.

Immer tönt
An schwarzen Mauern Gottes einsamer Wind.

2
부드러운 종소리가 엘리스의 가슴에 울린다,
그의 머리가 검은 베개 위에 얹히는
저녁에.

푸른 짐승 한 마리
가시덤불 속에서 가만히 피 흘린다.

갈색 나무 한 그루 외따로 서 있다.
푸른 열매들이 나무에서 떨어졌다.

징조와 별들이
저녁 연못 속으로 가만히 가라앉는다.

언덕 너머에는 겨울이 찾아왔다.

푸른 비둘기들은 밤마다
엘리스의 수정 같은 이마에서 흘러내리는
얼음 같은 땀을 마신다.

검은 담벼락에서는 언제나
신의 외로운 바람소리 울린다.

SEBASTAIN IM TRAUM
FÜR ADOLF LOOS

Mutter trug das Kindlein im weißen Mond,
Im Schatten des Nußbaums, uralten Hollunders,
Trunken vom Safte des Mohns, der Klage der Drossel;
Und stille
Neigte in Mitleid sich über jene ein bärtiges Antlitz

Leise im Dunkel des Fensters; und altes Hausgerät
Der Väter
Lag im Verfall; Liebe und herbstliche Träumerei.

Also dunkel der Tag des Jahrs, traurige Kindheit,
Da der Knabe leise zu kühlen Wassern, silbernen Fischen
    hinabstieg,
Ruh und Antlitz;
Da er steinern sich vor rasende Rappen warf,
In grauer Nacht sein Stern über ihn kam;

Oder wenn er an der frierenden Hand der Mutter
Abends über Sankt Peters herbstlichen Friedhof ging,
Ein zarter Leichnam stille im Dunkel der Kammer lag
Und jener die kalten Lider über ihn aufhob.

꿈속의 제바스티안
— 아돌프 로스에게

어머니는 하얀 달에 아이를 가졌다,
호두나무와 딱총나무 고목의 그늘 아래서
양귀비 즙과 지빠귀의 비탄에 취해서,
그리고 어느 수염 난 얼굴이
그녀를 동정하여 그녀 위로 조용히 몸을 구부렸다,

창문의 어둠 속에서 가만히. 그리고 아버지들의
옛날 가재도구들은
쇠락 일로에 있었다. 사랑과 가을의 몽상.

그렇게 그해의 그날은 어두웠고, 슬픈 어린 시절,
그때 소년은 조용히 시원한 물가, 은빛 고기들을 찾아갔다,
안식과 얼굴.
그때 그는 미쳐 날뛰는 가라말들 앞에 돌처럼 쓰러졌고,
잿빛 밤에 그의 머리 위로 그의 별이 떴다.

또는 그가 어머니의 꽁꽁 언 손에 잡힌 채
저녁에 성 페터의 가을 공동묘지를 지나갈 때면,
부드러운 시체 하나는 방의 어둠 속에 조용히 누워 있었고,
다른 하나는 그를 향해 차가운 눈꺼풀을 떴다.

Er aber war ein kleiner Vogel im kahlen Geäst,

Die Glocke lang im Abendnovember,

Des Vaters Stille, da er im Schlaf die dämmernde Wendeltreppe
hinabstieg.

2

Frieden der Seele. Einsamer Winterabend,

Die dunklen Gestalten der Hirten am alten Weiher;

Kindlein in der Hütte von Stroh; o wie leise

Sank in schwarzem Fieber das Antlitz hin.

Heilige Nacht.

Oder wenn er an der harten Hand des Vaters

Stille den finstern Kalvarienberg hinanstieg

Und in dämmernden Felsennischen

Die blaue Gestalt des Menschen durch seine Legende ging,

Aus der Wunde unter dem Herzen purpurn das Blut rann.

O wie leise stand in dunkler Seele das Kreuz auf.

Liebe; da in schwarzen Winkeln der Schnee schmolz,

Ein blaues Lüftchen sich heiter im alten Hollunder fing,

In dem Schattengewölbe des Nußbaums;

그러나 그는 앙상한 나뭇가지 위의 한 마리 작은 새였다,
11월 저녁의 종소리는 길었고,
아버지가 침묵할 때, 그는 잠결처럼 어둑한 나선형 계단을
    내려갔다.

2
영혼의 평화. 외로운 겨울 저녁,
오래된 연못가의 목동들의 거뭇한 형상들,
초가집 속 어린아이. 오, 얼마나 조용히
얼굴은 검은 열병 속으로 빠져들었던가.
성스러운 밤.

또는 그가 아버지의 억센 손에 잡힌 채
컴컴한 갈보리 산을 조용히 올라갔을 때
그리고 어둑한 암벽 벽감 속
사람의 푸른 형상이 그분의 전설을 누볐을 때,
가슴 아래 상처에서 자줏빛 피가 쏟아졌을 때,
오, 얼마나 살며시 십자가는 어두운 영혼 속에 솟았던가.

사랑. 어두운 모퉁이의 눈이 녹았을 때,
푸른 바람 한 줄기 늙은 딱총나무에 즐겁게 잡혔을 때,
호두나무의 아치형 그늘 속에.

Und dem Knaben leise sein rosiger Engel erschien.

Freude; da in kühlen Zimmern eine Abendsonate erklang,
Im braunen Holzgebälk
Ein blauer Falter aus der silbernen Puppe kroch.

O die Nähe des Todes. In steinerner Mauer
Neigte sich ein gelbes Haupt, schweigend das Kind,
Da in jenem März der Mond verfiel.

3
Rosige Osterglocke im Grabgewölbe der Nacht
Und die Silberstimmen der Sterne,
Daß in Schauern ein dunkler Wahnsinn von der Stirne des
    Schläfers sank.

O wie stille ein Gang den blauen Fluß hinab
Vergessenes sinnend, da im grünen Geäst
Die Drossel ein Fremdes in den Untergang rief.

Oder wenn er an der knöchernen Hand des Greisen
Abends vor die verfallene Mauer der Stadt ging

그리고 소년에게 살며시 그의 장밋빛 천사가 나타났다.

기쁨. 서늘한 방에서 저녁 소나타가 울렸을 때,
갈색의 들보에서
파란 나비 한 마리가 은빛 고치를 뚫고 나왔을 때.

오, 죽음의 가까움이여. 돌담 안에서는
노란 머리가 기울었다, 아이는 침묵하고,
그때 3월에 달은 기울었다.

3
밤의 묘혈 속 장밋빛 부활절 종소리
그리고 별들의 은빛 목소리에
두려움 속 어두운 광기가 잠든 아이의 이마에서 떨어졌다.

오, 푸른 강물을 따라 가는 발길은 조용하다,
잊힌 것들을 생각하며, 그때 푸른 나뭇가지에서
지빠귀가 나그네에게 몰락을 외쳤다.

또는 그가 노인의 뼈만 앙상한 손에 잡힌 채
저녁에 도시의 피폐한 장벽 앞을 지날 때,

Und jener in schwarzem Mantel ein rosiges Kindlein trug,
Im Schatten des Nußbaums der Geist des Bösen erschien.

Tasten über die grünen Stufen des Sommers. O wie leise
Verfiel der Garten in der braunen Stille des Herbstes,
Duft und Schwermut des alten Hollunders,
Da in Sebastians Schatten die Silberstimme des Engels erstarb.

그리고 다른 사람은 검은 외투 속에 장밋빛 아이를 가졌을 때,
호두나무 그늘 속에서 악령이 나타났다.

여름의 푸른 계단을 더듬어 가기. 오, 얼마나 조용하게
정원은 가을의 갈색 고요 속에 피폐해졌는가,
늙은 딱총나무의 향기와 우울,
제바스티안의 그림자 속 천사의 은빛 목소리는 소멸했으니.

IM FRÜHLING

Leise sank von dunklen Schritten der Schnee,
Im Schatten des Baums
Heben die rosigen Lider Liebende.

Immer folgt den dunklen Rufen der Schiffer
Stern und Nacht;
Und die Ruder schlagen leise im Takt.

Balde an verfallener Mauer blühen
Die Veilchen,
Ergrünt so stille die Schläfe des Einsamen.

봄에

어두운 발걸음으로 눈은 소록소록 내렸고,
나무 그늘 아래에서는
연인들이 장밋빛 눈꺼풀을 들어 올린다.

뱃사람들의 어두운 외침을 늘 따라다니는 것은
별과 밤.
노는 조용히 박자를 맞춘다.

피폐한 담벼락에는 곧
제비꽃이 피고
고독한 사람의 관자놀이는 조용히 푸르러지리라.

ABEND IN LANS
(2. Fassung)

Wanderschaft durch dämmernden Sommer
An Bündeln vergilbten Korns vorbei. Unter getünchten Bogen,
Wo die Schwalbe aus und ein flog, tranken wir feurigen Wein.

Schön: o Schwermut und purpurnes Lachen.
Abend und die dunklen Düfte des Grüns
Kühlen mit Schauern die glühende Stirne uns.

Silberne Wasser rinnen über die Stufen des Walds,
Die Nacht und sprachlos ein vergessenes Leben.
Freund; die belaubten Stege ins Dorf.

란스[24]의 저녁

(두 번째 원고)

어둑해지는 여름날을 누비는 산책,
누렇게 익은 노적가리들 옆을 지나. 제비가 드나드는
석회 칠 한 아치 아래에서 우리는 독한 포도주를 마셨다.

멋지다. 오, 우울과 자줏빛 웃음.
저녁과 녹음의 어두운 향기는
뜨거운 이마를 소름 끼치게 식혀 준다.

은빛 물은 숲의 계단 위로 흐르고,
밤과 잊힌 삶은 말이 없다.
친구, 마을로 가는 나뭇잎 우거진 길.

KASPAR HAUSER LIED
FÜR BESSIE LOOS

Er wahrlich liebte die Sonne, die purpurn den Hügel
   hinabstieg,
Die Wege des Walds, den singenden Schwarzvogel
Und die Freude des Grüns.

Ernsthaft war sein Wohnen im Schatten des Baums
Und rein sein Antlitz.
Gott sprach eine sanfte Flamme zu seinem Herzen:
O Mensch!

Stille fand sein Schritt die Stadt am Abend;
Die dunkle Klage seines Munds:
Ich will ein Reiter werden.

Ihm aber folgte Busch und Tier,
Haus und Dämmergarten weißer Menschen
Und sein Mörder suchte nach ihm.

Frühling und Sommer und schön der Herbst
Des Gerechten, sein leiser Schritt
An den dunklen Zimmern Träumender hin.
Nachts blieb er mit seinem Stern allein;

카스파 하우저[25] 노래
— 베시 로스[26]에게

그는 정말이지 사랑했다, 자줏빛으로 언덕을 내려가는
　　태양을,
숲으로 난 길과 노래하는 검은 새를,
그리고 초록의 기쁨을.

나무 그늘 밑의 그의 삶은 진지했고
그의 얼굴은 순수했다.
신은 그의 가슴에 말로써 부드러운 불꽃을 지폈다.
오, 인간이여!

그의 발걸음은 저녁나절 조용히 도시를 발견했다.
그의 입에서 나온 어두운 비탄의 소리.
나는 기병이 될 거야.

그러나 그의 뒤를 따라온 것은 덤불과 짐승,
하얀 인간들의 집과 어둑한 정원,
그리고 살인자가 그의 뒤를 쫓았다.

정직한 자의 봄과 여름 그리고 가을은
아름다웠고, 그의 조용한 발걸음은
몽상가의 어두운 방들 곁을 지나갔다.
밤이면 그는 그의 별과 단둘이 있었고

Sah, daß Schnee fiel in kahles Gezweig
Und im dämmernden Hausflur den Schatten des Mörders.

Silbern sank des Ungebornen Haupt hin.

앙상한 나뭇가지 사이로 떨어지는 눈과
어둑한 복도에 드리운 살인자의 그림자를 보았다.

미생자(未生者)의 머리가 은빛을 내며 쓰러졌다.

IM PARK

Wieder wandelnd im alten Park,
O! Stille gelb und roter Blumen.
Ihr auch trauert, ihr sanften Götter,
Und das herbstliche Gold der Ulme.
Reglos ragt am bläulichen Weiher
Das Rohr, verstummt am Abend die Drossel.
O! dann neige auch du die Stirne
Vor der Ahnen verfallenem Marmor.

공원에서

다시 옛 공원을 거닌다,
오! 노랗고 빨간 꽃들의 고요.
점잖은 신들이여, 그대들도 슬퍼한다,
느릅나무의 가을 황금빛을.
푸른 연못가에 솟아 있는 갈대는
미동도 않고, 저녁엔 지빠귀도 침묵한다.
오! 그러면 너도 조상들의 피폐한 대리석상들
앞에 이마를 조아린다.

EIN WINTERABEND

(2. Fassung)

Wenn der Schnee ans Fenster fällt,

Lang die Abendglocke läutet,

Vielen ist der Tisch bereitet

Und das Haus ist wohlbestellt.

Mancher auf der Wanderschaft

Kommt ans Tor auf dunklen Pfaden.

Golden blüht der Baum der Gnaden

Aus der Erde kühlem Saft.

Wanderer tritt still herein;

Schmerz versteinerte die Schwelle.

Da erglänzt in reiner Helle

Auf dem Tische Brot und Wein.

겨울 저녁[27]
(두 번째 원고)

유리창에 눈이 떨어지고
저녁 종소리 길게 울린다.
많은 이를 위해 식탁은 차려져 있고,
집은 잘 꾸며져 있다.

방랑하는 많은 이들은
어두운 오솔길로 와 문 앞에 선다.
땅속 서늘한 수액을 먹고
은총의 나무는 황금빛으로 피어난다.

방랑자는 가만히 안으로 발을 딛고,
고통이 문지방을 굳혀 놓았다.
거기 탁자 위에는 더없이 밝게
빵과 포도주가 빛나고 있다.

DER HERBST DES EINSAMEN

Der dunkle Herbst kehrt ein voll Frucht und Fülle,
Vergilbter Glanz von schönen Sommertagen.
Ein reines Blau tritt aus verfallener Hülle;
Der Flug der Vögel tönt von alten Sagen.
Gekeltert ist der Wein, die milde Stille
Erfüllt von leiser Antwort dunkler Fragen.

Und hier und dort ein Kreuz auf ödem Hügel;
Im roten Wald verliert sich eine Herde.
Die Wolke wandert übern Weiherspiegel;
Es ruht des Landmanns ruhige Geberde.
Sehr leise rührt des Abends blauer Flügel
Ein Dach von dürrem Stroh, die schwarze Erde.

Bald nisten Sterne in des Müden Brauen;
In kühle Stuben kehrt ein still Bescheiden
Und Engel treten leise aus den blauen
Augen der Liebenden, die sanfter leiden.
Es rauscht das Rohr; anfällt ein knöchern Grauen,
Wenn schwarz der Tau tropft von den kahlen Weiden.

고독한 사람의 가을

어두운 가을이 과일과 풍요로움 가득 싣고 찾아온다.
아름다웠던 여름날의 누렇게 변한 광휘.
순수한 푸른빛은 피폐한 껍질을 떠나고,
새들의 비상은 옛 전설들과 함께 울린다.
포도는 압착되고, 부드러운 고요는
어두운 질문들에 조용한 답들로 가득하다.

그리고 황량한 언덕에는 곳곳에 십자가,
붉은 숲에는 가축 떼가 잦아들고,
구름은 연못 수면 위로 떠돌고,
시골 남자의 조용한 몸짓도 휴식한다.
저녁의 푸른 날개가 아주 살며시
초가집 지붕과 검은 땅을 건드린다.

곧 별들은 지친 자의 눈썹에 둥지를 틀고,
서늘한 방에는 겸허함이 찾아들 것이며,
천사들은 살짝 고통 받는 연인들의
푸른 눈에서 걸어 나올 것이다.
갈대는 살랑대고, 해골의 전율이 엄습한다,
앙상한 버드나무에서 이슬이 검게 떨어질 때면.

RUH UND SCHWEIGEN

Hirten begruben die Sonne im kahlen Wald.
Ein Fischer zog
In härenem Netz den Mond aus frierendem Weiher.

In blauem Kristall
Wohnt der bleiche Mensch, die Wang' an seine Sterne gelehnt;
Oder er neigt das Haupt in purpurnem Schlaf.

Doch immer rührt der schwarze Flug der Vögel
Den Schauenden, das Heilige blauer Blumen,
Denkt die nahe Stille Vergessenes, erloschene Engel.

Wieder nachtet die Stirne in mondenem Gestein;
Ein strahlender Jüngling
Erscheint die Schwester in Herbst und schwarzer Verwesung.

안식과 침묵

목동들은 태양을 헐벗은 숲에 매장했다.
어부 하나가 얼기 시작한 연못에서
머리카락 그물로 달을 건져 올렸다.[28]

파란 수정 속에는
창백한 인간이 살고 있다, 뺨을 그의 별들에 댄 채.
아니면 그는 자줏빛 잠에 빠져 고개를 숙인다.

그러나 새들의 검은 비상은 바라보는 이의 마음을
언제나 움직이고, 푸른 꽃[29]의 성스러움을 건드리고,
가까운 고요는 잊힌 것들을, 꺼진 천사들을 생각한다.

다시 이마는 달 같은 돌 속에서 밤을 맞는다.
환히 빛나는 젊은이[30]
누이가 가을과 검은 부패 속에 나타난다.

GEBURT

Gebirge: Schwärze, Schweigen und Schnee.
Rot vom Wald niedersteigt die Jagd;
O, die moosigen Blicke des Wilds.

Stille der Mutter; unter schwarzen Tannen
Öffnen sich die schlafenden Hände,
Wenn verfallen der kalte Mond erscheint.

O, die Geburt des Menschen. Nächtlich rauscht
Blaues Wasser im Felsengrund;
Seufzend erblickt sein Bild der gefallene Engel,

Erwacht ein Bleiches in dumpfer Stube.
Zwei Monde
Erglänzen die Augen der steinernen Greisin.

Weh, der Gebärenden Schrei. Mit schwarzem Flügel
Rührt die Knabenschläfe die Nacht,
Schnee, der leise aus purpurner Wolke sinkt.

탄생

산악, 그곳의 검은빛, 침묵 그리고 눈.
숲에서 붉은 모습으로 내려오는 사냥.
오, 산짐승의 이끼 낀 눈빛이여.[31]

어머니의 침묵. 검은 전나무 아래에서는
잠자던 손들이 펴진다,
차가운 달이 이울 때면.[32]

오, 인간의 탄생이여. 밤마다 푸른 물은
암반 사이로 졸졸 흐르고,
한숨지으며 자기 모습을 바라보는 타락 천사,

답답한 방에서는 창백한 형체가 눈을 뜬다.
두 개의 달
돌처럼 굳은 노파의 눈이 반짝인다.

고통, 아이 낳는 여인의 절규. 검은 날개로
밤은 소년의 관자놀이를 어루만지고,
자줏빛 구름에서는 살며시 눈이 내린다.[33]

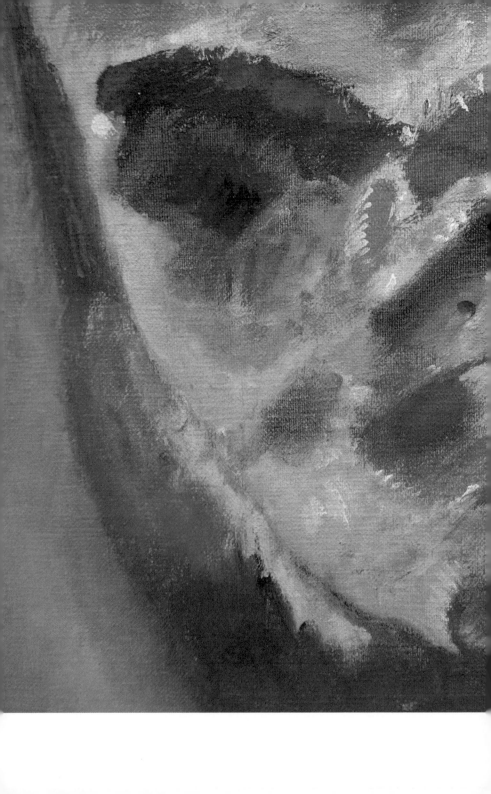

UNTERGANG
(5. Fassung)

AN KARL BORROMAEUS HEINRICH

Über den weißen Weiher

Sind die wilden Vögel fortgezogen.

Am Abend weht von unseren Sternen ein eisiger Wind.

Über unsere Gräber

Beugt sich die zerbrochene Stirne der Nacht.

Unter Eichen schaukeln wir auf einem silbernen Kahn.

Immer klingen die weißen Mauern der Stadt.

Unter Dornenbogen

O mein Bruder klimmen wir blinde Zeiger gen Mitternacht.

종말

(다섯 번째 원고)

— 칼 보로메우스 하인리히[34]에게

하얀 연못 위로

야생의 새들이 날아갔다.

저녁에 우리의 별들로부터 차가운 바람이 분다.[35]

우리의 무덤 위로

밤의 깨진 이마가 와서 닿는다.

참나무 밑에서 우리는 은빛 거룻배를 타고 흔들린다.

도시의 장벽에서는 언제나 소리가 울린다.

가시나무 아치 아래서

오, 나의 형제여,[36] 우리는 눈먼 시침 자정을 향해 오른다.[37]

ABENDLÄNDISCHES LIED

O der Seele nächtlicher Flügelschlag:
Hirten gingen wir einst an dämmernden Wäldern hin
Und es folgte das rote Wild, die grüne Blume und der lallende
   Quell
Demutsvoll. O, der uralte Ton des Heimchens,
Blut blühend am Opferstein
Und der Schrei des einsamen Vogels über der grünen Stille des
   Teichs.

O, ihr Kreuzzüge und glühenden Martern
Des Fleisches, Fallen purpurner Früchte
Im Abendgarten, wo vor Zeiten die frommen Jünger gegangen,
Kriegsleute nun, erwachend aus Wunden und Sternenträumen.
O, das sanfte Zyanenbündel der Nacht.

O, ihr Zeiten der Stille und goldener Herbste,
Da wir friedliche Mönche die purpurne Traube gekeltert;
Und rings erglänzten Hügel und Wald.
O, ihr Jagden und Schlösser; Ruh des Abends,
Da in seiner Kammer der Mensch Gerechtes sann,
In stummem Gebet um Gottes lebendiges Haupt rang.

서양의 노래[38]

오, 밤이 되면 영혼의 날갯짓이여.
목동인 우리는 언젠가 어둑해지는 숲을 따라갔다,
그리고 붉은 사슴, 푸른 꽃과 흥얼대는 샘물이 공손하게
따라왔다. 오, 귀뚜라미의 태곳적 소리,
제단 앞에서 꽃처럼 피어나던 피,
연못의 푸른 고요 위로 번지던 외로운 새의 울음소리.

오, 너희 순례여, 육체의 불타는
고문이여, 자줏빛 과일들의 떨어짐이여,
저녁 정원에, 그곳에 옛날엔 경건한 제자들이 갔건만,
이제는 전사들이 간다, 상처와 별들의 꿈에서 깨어나.
오, 밤의 다정한 달구지국화 다발이여.

오, 너희 고요와 황금빛 가을의 시절이여,
그때 우리 평화로운 수사들은 붉은 포도송이를 짰고,
주위에는 언덕과 숲이 환히 빛났다.
오, 너희 사냥과 성들이여. 저녁의 안식이여,
그때 인간은 방에 앉아 정의로운 것을 생각했고,
신의 살아 있는 머리를 위해 묵묵히 기도하면서.

오, 몰락의 쓰라린 시간이여,
그때 우리는 검은 물속 돌처럼 굳은 얼굴을 본다.

O, die bittere Stunde des Untergangs,

Da wir ein steinernes Antlitz in schwarzen Wassern beschaun.

Aber strahlend heben die silbernen Lider die Liebenden:

E i n Geschlecht. Weihrauch strömt von rosigen Kissen

Und der süße Gesang der Auferstandenen.

그러나 연인들은 빛을 내며 은빛 눈꺼풀을 들어 올린다.
하나의 종족이다. 장미 베개에서 향이 흘러나오고
부활한 자들의 달콤한 노랫소리 들린다.

VERKLÄRUNG

Wenn es Abend wird,
Verläßt dich leise ein blaues Antlitz.
Ein kleiner Vogel singt im Tamarindenbaum.

Ein sanfter Mönch
Faltet die erstorbenen Hände.
Ein weißer Engel sucht Marien heim.

Ein nächtiger Kranz
Von Veilchen, Korn und purpurnen Trauben
Ist das Jahr des Schauenden.

Zu deinen Füßen
Öffnen sich die Gräber der Toten,
Wenn du die Stirne in die silbernen Hände legst.

Stille wohnt
An deinem Mund der herbstliche Mond,
Trunken von Mohnsaft dunkler Gesang;

Blaue Blume,
Die leise tönt in vergilbtem Gestein.

변용

저녁이 찾아오면
푸른 얼굴이 살며시 네게서 떠난다.
작은 새 한 마리가 타마린드나무에서 노래한다.

점잖은 수도사가
죽은 두 손을 합장한다.
흰 천사 하나 마리아에게 나타난다.

제비꽃, 곡물 그리고 자줏빛 포도로
엮은 밤의 화환은
구경꾼의 해(年)다.

너의 발치에는
사자들의 무덤이 열린다,
네가 이마를 은빛 손으로 감싸면.

네 입에는 가을의 달이
조용히 살고 있다,
양귀비 즙의 어두운 노래에 취한 채.

푸른 꽃,
그 꽃이 누런 바위 속에서 울린다.

FÖHN

Blinde Klage im Wind, mondene Wintertage,
Kindheit, leise verhallen die Schritte an schwarzer Hecke,
Langes Abendgeläut.
Leise kommt die weiße Nacht gezogen,

Verwandelt in purpurne Träume Schmerz und Plage
Des steinigen Lebens,
Daß nimmer der dornige Stachel ablasse vom verwesenden
Leib.

Tief im Schlummer aufseufzt die bange Seele,

Tief der Wind in zerbrochenen Bäumen,
Und es schwankt die Klagegestalt
Der Mutter durch den einsamen Wald

Dieser schweigenden Trauer; Nächte,
Erfüllt von Tränen, feurigen Engeln.
Silbern zerschellt an kahler Mauer ein kindlich Gerippe.

퓐[39]

바람결에 들려오는 눈먼 탄식 소리, 달빛 겨울날들,
어린 시절, 검은 울타리 따라 사라지는 나직한 발걸음 소리,
긴 저녁 종소리,
하얀 밤은 살며시 딸려 오듯 찾아오고,

돌 투성이 삶의 아픔과 고통을
자줏빛 꿈으로 바꾸어 놓아,
뾰족한 가시는 부패 중인 육체에서 빠질 줄 모르네.

겁먹은 영혼은 깊은 잠 속에서 한숨짓고,

바람은 부서진 나무들 깊은 곳에서 한숨짓는다.
그리고 어머니의 슬픈 형상은
쓸쓸한 숲을 따라 휘청거린다,

이 침묵하는 슬픔의 숲을 따라. 밤들은
눈물과, 불의 천사들로 가득하다.
앙상한 담벼락에 부딪쳐 아이의 해골이 은빛으로
　　부서진다.[40]

AN DIE VERSTUMMTEN

O, der Wahnsinn der großen Stadt, da am Abend
An schwarzer Mauer verkrüppelte Bäume starren,
Aus silberner Maske der Geist des Bösen schaut;
Licht mit magnetischer Geißel die steinerne Nacht verdrängt.
O, das versunkene Läuten der Abendglocken.

Hure, die in eisigen Schauern ein totes Kindlein gebärt.
Rasend peitscht Gottes Zorn die Stirne des Besessenen,
Purpurne Seuche, Hunger, der grüne Augen zerbricht.
O, das gräßliche Lachen des Golds.

Aber stille blutet in dunkler Höhle stummere Menschheit,
Fügt aus harten Metallen das erlösende Haupt.

침묵하는 자들에게

오, 대도시의 광기여, 저녁이면
검은 담벼락 옆 불구의 나무들 응시하고,
악령이 은빛 마스크를 쓴 채 쳐다보니.
자성의 채찍으로 빛은 돌 같은 밤을 몰아내고.[41]
오, 저녁 종소리의 가라앉은 울림이여.

창녀는 차갑게 몸서리치며 죽은 아이를 낳고.
신의 분노는 노도하며 사로잡힌 자들의 이마를 친다.
자줏빛 전염병과 푸른 눈빛을 부수는 굶주림,
어, 황금이 지르는 끔찍한 웃음소리여.[42]

그러나 어두운 동굴 속 더 말 없는 인류는 조용히 피 흘리며
단단한 금속으로 구원의 머리를 조립한다.

PASSION
(3. Fassung)

Wenn Orpheus silbern die Laute rührt,

Beklagend ein Totes im Abendgarten,

Wer bist du Ruhendes unter hohen Bäumen?

Es rauscht die Klage das herbstliche Rohr,

Der blaue Teich,

Hinsterbend unter grünenden Bäumen

Und folgend dem Schatten der Schwester;

Dunkle Liebe

Eines wilden Geschlechts,

Dem auf goldenen Rädern der Tag davonrauscht.

Stille Nacht.

Unter finsteren Tannen

Mischten zwei Wölfe ihr Blut

In steinerner Umarmung; ein Goldnes

Verlor sich die Wolke über dem Steg,

Geduld und Schweigen der Kindheit.

Wieder begegnet der zarte Leichnam

Am Tritonsteich

Schlummernd in seinem hyazinthenen Haar.

Daß endlich zerbräche das kühle Haupt!

수난[43]
(세 번째 원고)

오르페우스가 은빛으로 류트를 뜯으면
저녁 정원에서 죽은 이 하나 한탄을 하니,
키 큰 나무들 아래 쉬는 자 그대는 누구인가?
그의 한탄은 가을 갈대를 흔들고,
푸르러 가는 나무들 아래 죽어 가며
누이의 그림자를 좇는
푸른 연못.
어느 야만의 가문의
어두운 사랑,
낮은 황금 바퀴를 타고 덜컹대며 이 가문에게서 떠나고.
조용한 밤.

시커먼 전나무들 아래에서
두 마리의 늑대는 그들의 피를 섞었다,
돌 같은 포옹 속에. 황금빛
구름 한 조각 잔교 너머로 사라졌다.
유년 시절의 인내와 침묵.
여린 시체와 다시
트리톤 연못가에서 만난다,
히아신스 꽃은 머리로 잠든 시체와.
서늘한 머리여 마침내 부서져라!

Denn immer folgt, ein blaues Wild,

Ein Äugendes unter dämmernden Bäumen,

Dieser dunkleren Pfaden

Wachend und bewegt von nächtigem Wohllaut,

Sanftem Wahnsinn;

Oder es tönte dunkler Verzückung

Voll das Saitenspiel

Zu den kühlen Füßen der Büßerin

In der steinernen Stadt.

한 마리 파란 짐승이 늘 따라오니까,
어둑한 숲속에서 지켜보는 짐승이다,
이 어두운 오솔길에서,
밤의 화음에, 부드러운 광기에
깨어 움직이며.
또는 어두운 황홀의 음조가
현악기를 가득 채워
속죄하는 여인의 서늘한 발치에 닿는다,
돌로 된 도시에서.

WINTERNACHT

Es ist Schnee gefallen. Nach Mitternacht verläßt du betrunken
von purpurnem Wein den dunklen Bezirk der Menschen,
die rote Flamme ihres Herdes. O die Finsternis!

Schwarzer Frost. Die Erde ist hart, nach Bitterem schmeckt die
Luft. Deine Sterne schließen sich zu bösen Zeichen.

Mit versteinerten Schritten stampfst du am Bahndamm hin,
mit runden Augen, wie ein Soldat, der eine schwarze
Schanze stürmt. Avanti!

Bitterer Schnee und Mond!

Ein roter Wolf, den ein Engel würgt. Deine Beine klirren
schreitend wie blaues Eis und ein Lächeln voll Trauer und
Hochmut hat dein Antlitz versteinert und die Stirne
erbleicht vor der Wollust des Frostes;

oder sie neigt sich schweigend über den Schlaf eines Wächters,
der in seiner hölzernen Hütte hinsank.

Frost und Rauch. Ein weißes Sternenhemd verbrennt die
tragenden Schultern und Gottes Geier zerfleischen dein
metallenes Herz.

O der steinerne Hügel. Stille schmilzt und vergessen der kühle
Leib im silbernen Schnee hin.

Schwarz ist der Schlaf. Das Ohr folgt lange den Pfaden der
Sterne im Eis.

겨울밤[44]

눈이 내렸다. 자정이 지나 너는 자줏빛 포도주에 취해
    인간들의 어두운 영역을, 그들의 화덕의 붉은 불꽃을
    떠난다. 오, 캄캄함이여!
검은 서리. 땅은 단단하고, 공기에서는 쓴 맛이 난다. 네
    별들은 모여 불길한 징조를 이룬다.
돌 같이 굳은 발걸음으로 너는 철둑을 따라 걷는다, 검은
    참호를 향해 돌격하는 병사처럼 눈 크게 뜨고. 전진!
쓴 눈과 달!
천사에게 목이 졸리는 붉은 늑대 한 마리. 네 다리는 걸어갈
    때 파란 얼음 조각처럼 쨍그랑 소리를 낸다. 슬픔과
    자존심 가득한 한 줄기 미소가 네 얼굴을 돌처럼 굳게
    만들고 이마는 서리의 탐욕 앞에 창백해진다.
아니면 이마는 나무 오두막에서 고꾸라진 어느 파수꾼의 잠
    위로 말없이 기운다.
서리와 연기. 어느 하얀 별 문양 셔츠가 짐을 운반하던
    어깨를 태우고, 신의 독수리가 네 금속 심장을
    갈기갈기 찢는다.
오, 돌투성이 언덕. 조용히 그리고 잊힌 채 서늘한 몸뚱이는
    은빛 눈 속에서 녹고 있다.
잠은 검다. 귀는 얼음 속에 묻힌 별들의 오솔길을 오랫동안
    좇는다.
잠에서 깰 때 마을의 종들이 울린다. 장밋빛 낮이 동쪽

Beim Erwachen klangen die Glocken im Dorf. Aus dem östlichen Tor trat silbern der rosige Tag.

성문에서 걸어 나왔다.

GESANG EINER GEFANGENEN AMSEL
FÜR LUDWIG VON FICKER

Dunkler Odem im grünen Gezweig.

Blaue Blümchen umschweben das Antlitz

Des Einsamen, den goldnen Schritt

Ersterbend unter dem Ölbaum.

Aufflattert mit trunkenem Flügel die Nacht.

So leise blutet Demut,

Tau, der langsam tropft vom blühenden Dorn.

Strahlender Arme Erbarmen

Umfängt ein brechendes Herz.

잡힌 지빠귀의 노래
— 루트비히 폰 피커에게

푸른 나뭇가지 속 어두운 숨결.
파란 작은 꽃들이 고독한 사람의 얼굴
주위로, 황금빛 발걸음 주위로 떠돈다,
올리브나무 아래서 시들어 가며.
밤은 취한 날개를 파닥여 날아오른다.
그렇게 겸손은 가만히 피 흘린다,
꽃 피는 가시나무에서 천천히 떨어지는 이슬이다.
빛나는 양팔의 연민이
찢어지는 가슴을 얼싸안는다.

SOMMER

Am Abend schweigt die Klage
Des Kuckucks im Wald.
Tiefer neigt sich das Korn,
Der rote Mohn.

Schwarzes Gewitter droht
Über dem Hügel.
Das alte Lied der Grille
Erstirbt im Feld.

Nimmer regt sich das Laub
Der Kastanie.
Auf der Wendeltreppe
Rauscht dein Kleid.

Stille leuchtet die Kerze
Im dunklen Zimmer;
Eine silberne Hand
Löschte sie aus;

Windstille, sternlose Nacht.

여름

저녁 숲속 뻐꾸기
울음소리도 침묵한다.
붉은 양귀비
망울은 더 몸을 숙인다,

언덕 위로 시커먼
뇌우가 위협해 온다.
귀뚜라미의 늙은 노래는
들판에서 스러져 간다.

밤나무 잎들은
꼼짝도 않는다.
나선형 계단에는
네 옷이 바스락거린다.

어두운 방에서는
촛불이 조용히 타고,
은빛 손 하나가
촛불을 끈다.

바람도 별도 없는 밤.

FRÜHLING DER SEELE

Aufschrei im Schlaf; durch schwarze Gassen stürzt der Wind,
Das Blau des Frühlings winkt durch brechendes Geäst,
Purpurner Nachttau und es erlöschen rings die Sterne.
Grünlich dämmert der Fluß, silbern die alten Alleen
Und die Türme der Stadt. O sanfte Trunkenheit
Im gleitenden Kahn und die dunklen Rufe der Amsel
In kindlichen Gärten. Schon lichtet sich der rosige Flor.

Feierlich rauschen die Wasser. O die feuchten Schatten der Au,
Das schreitende Tier; Grünendes, Blütengezweig
Rührt die kristallene Stirne; schimmernder Schaukelkahn.
Leise tönt die Sonne im Rosengewölk am Hügel.
Groß ist die Stille des Tannenwalds, die ernsten Schatten am Fluß.

Reinheit! Reinheit! Wo sind die furchtbaren Pfade des Todes,
Des grauen steinernen Schweigens, die Felsen der Nacht
Und die friedlosen Schatten? Strahlender Sonnenabgrund.

Schwester, da ich dich fand an einsamer Lichtung
Des Waldes und Mittag war und groß das Schweigen des Tiers;
Weiße unter wilder Eiche, und es blühte silbern der Dorn.
Gewaltiges Sterben und die singende Flamme im Herzen.

영혼의 봄

잠 속의 절규. 검은 골목 사이로 바람이 돌진한다.
봄의 푸른빛은 부러지는 나뭇가지 사이로 손짓하고,
자줏빛 밤이슬과 사방의 별들은 꺼져 간다.
강물은 푸르게 어두워 가고, 오래된 가로수 길과
도시의 탑들은 은빛이다. 오, 미끄러져 가는
나룻배의 부드러운 도취 그리고 순진한 정원들 속
지빠귀의 어두운 울음소리. 벌써 장밋빛 베일은 얇아지고.

흐르는 물소리 웅장하고. 오, 초원의 촉촉한 그림자여,
거니는 짐승이여, 푸르러 가는 모습, 꽃 피는 나뭇가지가
수정 같은 이마를 건드린다. 은은히 빛나는 거룻배.
태양은 언덕 위 장밋빛 구름 속에서 조용히 소리 낸다.
대단하다, 전나무 숲의 고요, 강가의 진지한 그림자들.

순수여, 순수여! 죽음의, 잿빛 돌 같은 침묵의
무서운 오솔길은 어디 있나, 밤의 바위들은?
그리고 불안의 그림자는? 빛나는 태양의 심연.

누이여, 그때 나는 숲속의 쓸쓸한 빈터에서 너를
발견했다. 때는 정오였고, 짐승의 침묵은 대단했다.
참나무 밑의 하양, 가시나무는 은빛 꽃을 피웠다.
마음속 어마어마한 죽음과 노래하는 불꽃.

Dunkler umfließen die Wasser die schönen Spiele der Fische.

Stunde der Trauer, Schweigender Anblick der Sonne;

Es ist die Seele ein Fremdes auf Erden. Geistlich dämmert

Bläue über dem verhauenen Wald und es läutet

Lange eine dunkle Glocke im Dorf; friedlich Geleit.

Stille blüht die Myrthe über den weißen Lidern des Toten.

Leise tönen die Wasser im sinkenden Nachmittag

Und es grünet dunkler die Wildnis am Ufer, Freude im rosigen
    Wind;

Der sanfte Gesang des Bruders am Abendhügel.

물은 아름답게 노니는 물고기들 주위로 더 어둡게 흐르고.
슬픔의 시간, 침묵하는 태양의 모습.
영혼은 지상의 나그네. 결딴난 숲 위로 성스럽고
푸른 어스름이 지고, 마을에서 들려오는
길고 검은 종소리. 평화로운 동반자.
망자의 하얀 눈꺼풀 위로는 조용히 도금양이 피어난다.

가라앉는 오후 속에 물소리 나직이 울린다.
물가의 황야는 더욱 짙게 파래지고, 장밋빛 바람 속 기쁨.
저녁 언덕에 들려오는 오빠의 부드러운 노랫소리.

3부

1914년과 1915년 《브레너》에 발표한 시들
VERÖFFENTLICHUNGEN IM BRENNER 1914/ 1915

DAS HERZ

Das wilde Herz ward weiß am Wald;
O dunkle Angst
Des Todes, so das Gold
In grauer Wolke starb.
Novemberabend.
Am kahlen Tor am Schlachthaus stand
Der armen Frauen Schar;
In jeden Korb
Fiel faules Fleisch und Eingeweid;
Verfluchte Kost!

Des Abends blaue Taube
Brachte nicht Versöhnung.
Dunkler Trompetenruf
Durchfuhr der Ulmen
Nasses Goldlaub,
Eine zerfetzte Fahne
Vom Blute rauchend,
Daß in wilder Schwermut
Hinlauscht ein Mann.
O! ihr ehernen Zeiten
Begraben dort im Abendrot.

마음

거친 마음이 숲 가에서 하얗게 질렸다.
오, 죽음의
어두운 불안이여, 잿빛 구름 속에서
황금빛이 죽어 버렸으니.
11월 저녁.
도살장의 헐벗은 문 옆에는
가난한 여자들이 한 무리 서 있었다.
바구니마다
썩은 고기와 내장이 담겼다.
저주받은 음식이여!

저녁의 파란 비둘기는
화해를 물어 오지 못했다.
어두운 트럼펫 소리가
느릅나무의 축축한
황금빛 나뭇잎을 스쳤다.
피 냄새가 밴
찢어진 깃발,
침울함에 어쩔 줄 모르며
한 남자가 엿듣고 있다.
오! 너희 청동의 시절이여,
그곳 저녁노을 속에 매장되었구나

Aus dunklem Hausflur trat

Die goldne Gestalt

Der Jünglingin

Umgeben von bleichen Monden,

Herbstlicher Hofstaat,

Zerknickten schwarze Tannen

Im Nachtsturm,

Die steile Festung.

O Herz

Hinüberschimmernd in schneeige Kühle.

어두운 현관에서 걸어 나온
젊은 여인의
황금빛 형체
창백한 달빛에 에워싸이고,
가을의 궁전,
간밤에 분 폭풍에
가지가 부러진 검은 전나무들,
깎아지른 듯한 요새.
오, 마음이여,
추운 눈길 따라 사라져 간다.

DER SCHLAF
(2. Fassung)

Verflucht ihr dunklen Gifte,

Weißer Schlaf!

Dieser höchst seltsame Garten

Dämmernder Bäume

Erfüllt von Schlangen, Nachtfaltern,

Spinnen, Fledermäusen.

Fremdling! Dein verlorner Schatten

Im Abendrot,

Ein finsterer Korsar

Im salzigen Meer der Trübsal.

Aufflattern weiße Vögel am Nachtsaum

Über stürzenden Städten

Von Stahl.

잠
(두 번째 원고)

너희 저주스러운 검은 독,

하얀 잠이여!

어둠에 묻혀 가는 나무들이 서 있는

이 참으로 희한한 정원,

뱀과 나방, 거미,

박쥐들이 득시글거린다.

이방인이여! 저녁노을 속에

사라진 너의 그림자,

슬픔의 짠 바다에 떠 있는

어둠 젖은 해적선.

강철로 된

무너져 내리는 도시 하늘 위

밤의 가장자리에서 하얀 새들 날아오른다.

DAS GEWITTER

Ihr wilden Gebirge, der Adler
Erhabene Trauer.
Goldnes Gewölk
Raucht über steinerner Öde.
Geduldige Stille odmen die Föhren,
Die schwarzen Lämmer am Abgrund,
Wo plötzlich die Bläue
Seltsam verstummt,
Das sanfte Summen der Hummeln.
O grüne Blume ——
O Schweigen.

Traumhaft erschüttern des Wildbachs
Dunkle Geister das Herz, Finsternis,
Die über die Schluchten hereinbricht!
Weiße Stimmen
Irrend durch schaurige Vorhöfe,
Zerrißne Terrassen,
Der Väter gewaltiger Groll, die Klage
Der Mütter,
Des Knaben goldener Kriegsschrei
Und Ungebornes
Seufzend aus blinden Augen.

뇌우[45]

너희 거친 산들아, 독수리들의
숭고한 슬픔이여.[46]
황금빛 구름 떼가
돌덩이 황야 위로 뭉게뭉게 피어오른다.
소나무들은 끈질긴 고요를 숨쉬고,
깊은 계곡의 검은 양 떼들,
그곳엔 푸름이 야릇하게도
갑자기 입을 다물고,
들리는 것은 호박벌들의 윙윙거림.
오, 푸른 꽃이여 ──
오, 침묵이여.

거친 산골짝 물의 어두운 정령들이
꿈결처럼 이 마음을 흔들고,
어둠은 협곡을 덮친다!
무시무시한 뜰 사이로 떠도는
하얀 목소리들,
찢어발겨진 테라스들,
아버지들의 격노, 어머니들의
탄식,
소년의 황금빛 격전의 외침,
그리고 미생자(未生者)는
먼눈으로 한숨짓는다.

O Schmerz, du flammendes Anschaun
Der großen Seele!
Schon zuckt im schwarzen Gewühl
Der Rosse und Wagen
Ein rosenschauriger Blitz
In die tönende Fichte.
Magnetische Kühle
Umschwebt dies stolze Haupt,
Glühende Schwermut
Eines zürnenden Gottes.

Angst, du giftige Schlange,
Schwarze, stirb im Gestein!
Da stürzen der Tränen
Wilde Ströme herab,
Sturm-Erbarmen,
Hallen in drohenden Donnern
Die schneeigen Gipfel rings.
Feuer
Läutert zerrissene Nacht.

오, 고통이여, 너 타오르는
영혼의 눈길이여!
말들과 마차의 무리가
검게 뒤엉키는 듯하더니
장밋빛의 끔찍한 번개가 돌연 내리쳐
가문비나무가 소리를 지른다.
자성(磁性)의 냉기가
이 자랑스러운 머리 주위에 떠돈다,
분노한 어느 신의
작열하는 우울이로다.

불안이여, 너 독기 서린 뱀이여,
검은 뱀이여, 바위 속에서 죽어라!
그때 눈물의 급류가
쏟아져 내린다.
폭풍의 자비가
만년설 덮인 정상 주위로
위협하는 천둥소리로 울린다.
불이
찢어발겨진 밤을 정화한다.[47]

DER ABEND

Mit toten Heldengestalten
Erfüllst du Mond
Die schweigenden Wälder,
Sichelmond ——-
Mit der sanften Umarmung
Der Liebenden,
Den Schatten berühmter Zeiten
Die modernden Felsen rings;
So bläulich erstrahlt es
Gegen die Stadt hin,
Wo kalt und böse
Ein verwesend Geschlecht wohnt,
Der weißen Enkel
Dunkle Zukunft bereitet.
Ihr mondverschlungnen Schatten
Aufseufzend im leeren Kristall
Des Bergsees.

저녁

죽은 영웅들의 모습으로,
달이여, 너는
고요한 숲을 가득 채운다,
초승달이여 —
연인들의
다정한 포옹으로,
유명한 시절의 그림자들로
주위의 썩은 바위들을 채운다.
참으로 푸르게 빛은 번져 간다,
도회지를 향해,
썩어 가는 종족이
추위 속에 추악하게 살며
하얀 손자들을 위해
어두운 미래나 챙기는 그곳을 향해.
너희 달을 삼킨 그림자들아,
너희는 산정 호수의
텅 빈 수정 속에서 한숨짓는다.

DIE NACHT

Dich sing ich wilde Zerklüftung,

Im Nachtsturm

Aufgetürmtes Gebirge;

Ihr grauen Türme

Überfließend von höllischen Fratzen,

Feurigem Getier,

Rauhen Farnen, Fichten,

Kristallnen Blumen.

Unendliche Qual,

Daß du Gott erjagtest

Sanfter Geist,

Aufseufzend im Wassersturz,

In wogenden Föhren.

Golden lodern die Feuer

Der Völker rings.

Über schwärzliche Klippen

Stürzt todestrunken

Die erglühende Windsbraut,

Die blaue Woge

Des Gletschers

Und es dröhnt

밤[48]

나는 너를 노래한다, 거친 균열이여,
밤 폭풍 속에
우뚝 솟은 것이여.
너희 잿빛 탑들은
지독히 찡그린 표정들로,
불같은 짐승들로,
야생 양치류, 전나무들로,
수정 같은 꽃들로 넘쳐난다.
끝없는 고통에
너는 신을 사냥하러 나섰다,
부드러운 정신이여,
폭포 속에서,
물결치는 전나무 숲에서 한숨지으며.

종족들의 불꽃은 사방에
금빛으로 활활 타오르고.
검게 물든 벼랑 위로
죽음에 취해[49]
작열하는 바람의 신부[50]가 곤두박질치고,
빙하의
푸른 파도,
계곡 사이로 꿩꿩 울리는

Gewaltig die Glocke im Tal:
Flammen, Flüche
Und die dunklen
Spiele der Wollust,
Stürmt den Himmel
Ein versteinertes Haupt.

세찬 종소리.
불꽃들, 저주들,
그리고 육욕의
어두운 유희,
돌로 변한 머리가
하늘로 치솟는다.

오스카 코코슈카, 「바람의 신부」(1914).

DIE HEIMKEHR
(2. Fassung)

Die Kühle dunkler Jahre,
Schmerz und Hoffnung
Bewahrt zyklopisch Gestein,
Menschenleeres Gebirge,
Des Herbstes goldner Odem,
Abendwolke ——
Reinheit!

Anschaut aus blauen Augen
Kristallne Kindheit;
Unter dunklen Fichten
Liebe, Hoffnung,
Daß von feurigen Lidern
Tau ins starre Gras tropft ——
Unaufhaltsam!

O! dort der goldene Steg
Zerbrechend im Schnee
Des Abgrunds!
Blaue Kühle
Odmet das nächtige Tal,
Glaube, Hoffnung!
Gegrüßt du einsamer Friedhof!

귀향

(두 번째 원고)

어둡던 시절의 서늘함을,
고통과 희망을
품은 거대한 바위,
인적 없는 산들,
가을의 황금빛 숨결,
저녁 구름 —
순수여!

수정 같은 어린 시절이
푸른 눈으로 바라본다.
검은 가문비나무들 아래
사랑, 소망이 있어
불타는 눈꺼풀에서는
뻣뻣한 풀 위로 이슬이 떨어진다 —
걷잡을 수 없이!

오! 저기 황금빛 잔교,
심연의
눈 속에서 끝나는!
밤의 계곡은 숨 쉰다,
푸른 서늘함을,
믿음과 사랑을!
반갑다, 너 쓸쓸한 공동묘지여!

GRODEK
(2. Fassung)

Am Abend tönen die herbstlichen Wälder

Von tödlichen Waffen, die goldnen Ebenen

Und blauen Seen, darüber die Sonne

Düstrer hinrollt; umfängt die Nacht

Sterbende Krieger, die wilde Klage

Ihrer zerbrochenen Münder.

Doch stille sammelt im Weidengrund

Rotes Gewölk, darin ein zürnender Gott wohnt

Das vergoßne Blut sich, mondne Kühle;

Alle Straßen münden in schwarze Verwesung.

Unter goldnem Gezweig der Nacht und Sternen

Es schwankt der Schwester Schatten durch den schweigenden

    Hain,

Zu grüßen die Geister der Helden, die blutenden Häupter;

Und leise tönen im Rohr die dunklen Flöten des Herbstes.

O stolzere Trauer! ihr ehernen Altäre

Die heiße Flamme des Geistes nährt heute ein gewaltiger

    Schmerz,

Die ungebornen Enkel.

그로덱[51]
(두 번째 원고)

저녁에 가을의 숲은 살상 무기들
소리로 울리고, 황금빛 들판과
푸른 호수들, 그 위로 태양은
침울하게 굴러간다. 밤은 얼싸안아 준다,
죽어 가는 전사들과 그들의 깨진
입에서 나오는 거친 탄식을.
하지만 조용히 초원에는
분노한 신이 살고 있는 붉은 구름이
쏟아진 피와 달의 서늘함을 모은다.
모든 도로는 검은 부패로 이어진다.
밤의 황금빛 가지와 별들 아래서
누이의 그림자는 침묵하는 숲 사이로 비틀댄다,
영웅들의 혼령을, 피 흘리는 머리를 맞이하려고.
갈대 속으로 가을의 어두운 피리 소리 나직이 흐르고.
오, 자랑스러운 슬픔아! 너희 청동의 제단아,
오늘 격한 고통이 정신의 뜨거운 불꽃을 키운다,
태어나지 않은 손자들아.

4부

유고 NACHLASS

AN NOVALIS
(2. Fassung (a))

In dunkler Erde ruht der heilige Fremdling.

Es nahm von sanftem Munde ihm die Klage der Gott,

Da er in seiner Blüte hinsank.

Eine blaue Blume

Fortlebt sein Lied im nächtlichen Haus der Schmerzen.

노발리스[52]에게
(두 번째 원고(a))

어두운 땅 속에 거룩한 이방인이 쉬고 있다.
신은 그의 부드러운 입술에서 비탄을 거두었다,
한창 꽃 피울 시절에 쓰러졌으니.
한 송이 푸른 꽃이 되어
그의 노래는 컴컴한 고통의 집에 살아남았어라.

1) 1909년 8월에서 1910년 7월 사이에 잘츠부르크에서 쓴 작품으로 트라클이 『시집』을 내면서 맨 첫 자리에 놓았다. 검은 새인 "까마귀"가 갖는 재앙의 악명에 기대고 있는 작품이다.

2) 까마귀의 검은빛과 대조를 이루는 원초의 조화로운 상태를 의미한다.

3) 잘츠부르크 근교의 궁전 이름. 정원이 유명하며 분수에 사대원소를 형상화한 조각이 있다. 시인은 이곳의 모습을 바탕으로 시적 상상의 만화경을 전개한다.

4) 화가이자 초상화가. 루트비히 폰 피커가 주관하던 인스부르크의 잡지 《브레너》의 편집 동인. 트라클은 인스부르크에 있는 그의 아틀리에에서 1913년 11월 30일 자신의 초상을 그리게 한 듯하다.

5) 인간이 저지르는 일곱 가지 죄악 즉 교만, 탐식, 탐욕, 나태, 음란, 시기, 분노를 이른다. '숫자 일곱'은 사탄의 저주 및 까마귀와 관련이 있다.

6) 잘츠부르크를 이른다.

7) 묘석의 문장을 말한다.

8) 1912년 9월 또는 10월에 쓴 작품이다. 시인은 이 시를 그의 『시집』에 실었다. 시의 의미를 알기는 어렵지만 시인에게 중요한 작품으로 여겨진다. 1912년 10월 중순에 에르하르트 부슈베크에게 다음 같은 편지를 보낸다. "포도주는 멋졌고, 담배는 탁월했고, 기분은 디오니소스적이었네. 그런데 이번 여행길은 완전 별로였어."

9) 트라클의 시 중 아름다운 작품에 속한다. 조화롭고 엄숙한 이미지들과 긍정적 차원의 언어가 특징이다.

10) 1912년 9월이나 10월에, 즉 제1차 세계대전이 발발하기 오래 전에 쓴 작품이다. 그러나 전쟁을 예견하는 메타포들로 가득하다. 오스트리아 군대에서 복무 중이던 트라클은 신문을 통해 그런 전쟁의 위험성을 익히 알고 있었다. 1908년 오스트리아에 의한 보스니아와 헤르체고비나 합병 이후 형성된 갈등과 1912년 10월의 발칸전쟁이 그 하나이다.

11) 전쟁을 목전에 둔 지식인의 고민을 뜻한다.

12) 구약성서 「시편」 제130편 시작 부분에 나오는 말이다. 심연은 절망과 슬픔의 깊이를 뜻한다. 어법에서부터 소재까지 프랑스 상징주의 시인 랭보(1854-1891)의 영향이 많이 보이는 작품이다.

13) 트라클의 시에서 갈색은 시골의 삶을 표현하며 종교적 모티프나 목동, 아이들과 결합하여 사용된다.

14) 진홍색은 전쟁터의 전사를 뜻하기도 하지만 종교적 맥락도 있다. 진홍색은 추기경의 색깔이며, 또 「요한계시록」에 나오는 "바빌론의 창녀"와도 관련이 있다.

15) 이른바 '로쿠스 아모에누스' 즉 '좋아하는 장소'를 시적으로 묘사한 작품으로, 트라클에게 그 장소는 내면이다. 밖은 몰락과 가을, 죽음의 분위기에 휩쓸려도 그의 내면은 슬픔과 광기의 부드러운 날갯짓에 잠겨 있다. 그것이 푸른색, 검은색, 갈색, 환한 빛 등의 색채들로 잘 표현되고 있다.

16) 트라클의 시에서 "우리"는 '연인들', '오빠와 누이', '형과 동생' 등으로 볼 수 있다.

17) 진흙에 숨결을 불어넣어 인간을 만들었다는 「창세기」를 연상시킨다.

18) 고대 그리스의 올리브 처녀를 이르는 '엘라이스'는 결실을 상징한다. 이 이름으로부터 트라클의 "엘리스"와 "엘라이"가 만들어졌으리라 추정할 수 있다. 히브리어로 "엘리"는 '신'을 뜻한다.

19) 베를렌의 "가엾은 렐리앙 Pauvre Leliam"을 연상시킨다. 또한 "구세주"의 고대 독일어식 명칭인 "하일란트 Heiland"를 떠올리게도 하고 그리스의 태양신인 "헬리오스"를 생각하게도 한다. 트라클은 인스부르크에서 친구 에르하르트 부슈베크에게 보낸 1913년 편지에서 「「헬리안」에서 발췌한 부분을 며칠 내로 자네한테 보내겠네. 내가 여태껏 쓴 것 중 가장 소중하고 가장 고통스러운 작품일세."라고 적고 있다. 전체적으로 이 시작품은 트라클 자신의 개인사를 신화적으로 형상화한 것으로 보인다. 시에서 드러나는 인류사 속에는 고대 신화, 기독교의 구원의 역사 그리고 현대의 신의 상실 등이 보인다. 이 바탕에 그의 개인사가 자리 잡고 있다.

20) 이스라엘 예루살렘의 겟세마네 동산 건너편에 있는 계곡으로 무덤이 많다. 다윗의 아들 압살롬의 무덤도 이곳에 있다.

21) 트라클의 글쓰기 방식은 그림의 표현법을 많이 따르고 있다. 색채 형용사가 많이 사용되는 것도 이와 무관하지 않다. 많은 공감각적 표현방식도 이러한 한 유형이다.

22) 말발굽의 편자를 새로 다는 과정을 묘사하고 있다.

23) 지금까지의 연구로 밝혀진 바 "엘리스"는 17세기 실존 인물인 광부 엘리스 프뢰봄을 지칭한다. 그는 결혼식 당일에 광산 작업 중 매몰되었다. 수십 년이 지난 뒤 그의 시신이 전혀 손상되지 않은 채로 발견되어, 그 사이 노인이 된 그의 신부는 청년 모습의 그와 대면하게 된 것이다. 문학적으로 그의

이야기는 E.T.A. 호프만의 『팔룬 광산』(1818)과 후고 폰 호프만스탈의 『팔룬 광산』(1906)에서 다루어진 바 있다.

24) 인스부르크 근교의 마을로, 1913년에 트라클이 몇 차례 방문했던 루돌프 폰 피커가 살던 빌라 호엔부르크 근처에 있다. 이 시는 1913년 9월에 인스부르크에서 쓴 것으로 초고 제목은 「여름」이었다.

25) 1828년 독일 뉘른베르크에 갑자기 나타나 센세이션을 일으켰던 인물. 말도 잘 못하고 지능도 낮았던 그가 할 줄 알았던 말은 "나는 기병이 될 거야." "내 이름은 카스파 하우저." "몰라요." 정도였다. 열여섯 살쯤 된 거지차림의 그를 두고 귀족 출신이라느니 자작극이라느니 많은 이야기가 떠돌았다. 그는 1833년 괴한의 칼에 맞아 죽었다. 트라클은 친구 에르하르트 부슈베크에게 쓴 1912년 4월 21일자 편지에서 "나도 결국 영원히 가련한 카스파 하우저로 남을지도 모르네."라고 말하는데, 트라클에게는 그가 자기와의 만남의 매체였던 셈이다. 다른 많은 작가들이 카스파 하우저를 문학적 소재로 삼았는데, 폴 베를렌의 『카스파 하우저의 노래』(1873)를 트라클은 잘 알고 있었다.

26) 영국 혈통의 무용수로 건축가 아돌프 로스의 아내. 트라클에게 이 헌사를 부탁한 것이 바로 아돌프 로스였다. 1913년 트라클은 칼 크라우스, 로스 부부 등과 함께 베네치아 여행을 한 적이 있다.

27) 1913년 12월에 완성된 작품으로, 전편에 걸쳐 성탄절 분위기를 느낄 수 있다.

28) 태양의 매장이나 연못에서 건져 올린 달에서 신화적 차원을 읽을 수 있다.

29) 독일 낭만주의의 상징.

30) 구원의 인물. 뒤에 나오는 "누이"와 동격을 이룸으로써 여성적 근원성의 상징으로서 구원의 성격이 더욱 강화된다. 또한 남성과 여성이 한 인물로 구현되어 자웅동체 인간에 대한 트라클의 생각을 엿보게 한다.

31) 제1연은 아버지적인 요소들을 나타낸다. "산악", "사냥", "산짐승" 등이 그것을 보여 준다.

32) 제2연은 어머니적인 요소들을 나타낸다. "어머니의 침묵", "손들", "달"에서 그것을 상상할 수 있다. 이후 제3연부터 출산의 과정이 잘 드러난다.

33) 이 마지막 행의 눈 내리는 장면은 그리스도의 탄생을 암시한다.

34) 《브레너》의 동인으로 종교성이 강한 텍스트의 저자였다. 트라클과 강한 유대를 가졌다.

35) 연못 위로 날아간 철새 떼에서 종말의 분위기가 느껴진다. 시의 화자와 "형제"는 차가운 운명의 별들에 영향을 받고 있다.

36) 이 시를 헌정한 칼 보로메우스 하인리히를 뜻한다.

37) "눈먼 시침"은 시간을 의식하는 못하는 상태를 뜻한다. 시적 화자의 운명은 나아질 전망이 없다. 그는 "은빛 거룻배를 타고" 흔들릴 뿐이다.

38) 이 시는 트라클이 이룬 시적 업적 중 가장 위대한 것으로 평가된다. 1913년 12월 인스부르크에서 쓴 것으로 짐작되는 이 작품은 그의 사후 『꿈속의 제바스티안』에 실려 발표되었다. 시의 배경이 되는 시점은 1913년의 두 번의 발칸 전쟁과 제1차 세계대전이다. 시적 표현 중 들어가 있는 전쟁에 대한 암시가 그것을 말해 준다.

39) 트라클의 시에서 희귀하게 마주치는 실제의 자연현상인 푄을 다룬 작품이다. 이 푄은 잘츠부르크와, 특히 인스부르크에서 자주 나타난다. 이 시는 1914년 초 인스부르크에서 생겨난 것으로 보인다.

40) 푄 바람 속에서 시적 화자는 아픔과 고통이 깨어나는 것을 느낀다.

41) 20세기 초에 빈과 인스부르크 등 대도시에 설치되기 시작한 전깃불을 암시한다.

42) 대도시 테마는 표현주의의 대표적 영역이다. 이때 쓰인 모티프들은 공장, 소음, 전깃불, 매춘, 가난, 질병 들이다. 이런 요소들은 트라클의 시에서도 많이 발견된다.

43) 1914년 초에 완성된 「수난」은 트라클의 후기 작품에 속한다. 죽음과 조락, 누이와 사랑, 어린 시절과 황금빛 그리고 광기와 화음 등 그의 후기 작품의 네 가지 기본 요소를 고루 갖추고 있다.

44) 트라클의 개인적 체험이 잘 드러나 있는 작품이다. 1912년 10월 말 또는 11월 초에 인스부르크에서 친구 에르하르트 부슈베크에게 보낸 편지가 이를 말해준다. "어제는 붉은 포도주 10병(10이라고 말해 보라고!)을 마셨어. 새벽 4시에 발코니에 서서 달을 보며 서리 목욕을 했지. 아침에 드디어 멋진 시 한 편을 썼네. 추위에 바스락대는 시야." 1913년 12월 13일 인스부르크에서 트라클은 칼 크라우스에게 보낸 편지에서 "술독에 빠져 극도의 우울 속에서 지내는 날들"에 대해 쓰고 있다.

45) 《브레너》제20호(1914년 7월 15일 자)에 실린 작품이다.

46) 니체의 영향이 드러난다. 니체의 「멜랑콜리에게」중 "독수리는 계곡을 향해 허기지게 울었지,"와 「바보여 시인이여」의 "혹은 참으로 오랫동안 뚫어지게 계곡을/자신의 계곡을/응시하는 독수리처럼……"을 참조하라.

47) 시의 시작 부분부터 니체를 연상시킨다. 트라클의 장서에는 『차라투스트라는 이렇게 말했다』도 포함되어 있었다. 산정에서 벌어지는 뇌우의 광경을 내면의 움직임과 함께 묘사한 작품이다. 푸른빛에서 검은빛으로, 고요에서 폭풍으로 넘어가는 과정에 시인은 주목하고 있다.

48) 트라클이 오스트리아의 표현주의 화가 오스카 코코슈카(1886-1980)와
교류하던 중에 쓴 시이다. 코코슈카 자신이 「트리스탄과 이졸데」라는
고전적인 이름을 붙이려던 그림에 「바람의 신부」(1914)라는 제목을 제안한
것도 트라클이었다. 「바람의 신부」는 알마 말러와 격정적인 사랑을 나누던
코코슈카가 그녀와 이탈리아 여행을 다녀온 직후 자신의 깊은 내면
풍경을 그려낸 작품이다. 알마 말러는 작곡가 구스타프 말러의 미망인으로
코코슈카보다 7년 연상이었다. 트라클의 시 「밤」은 코코슈카의 그림 「바람의
신부」를 시적으로 표현한 것이다.

49) 에로스의 극단적 엑스타시를 극명하게 나타낸다.

50) 게르만 신화에 등장하는 날씨의 악마 이름으로 '회오리바람'을 이른다.
여기의 바람은 성애의 바람이다. "작열하는 바람의 신부"는 코코슈카의 그림
「바람의 신부」를 가장 응축하여 묘사한 표현이다.

51) 갈리치아, 즉 오늘날의 우크라이나 북서부에서 폴란드 남동부에 걸친
지방에 있는 도시 그로덱에서 1914년 9월 초에 오스트리아와 러시아 군
사이의 전투가 있었다. 오스트리아 군대가 막대한 피해를 입고 패하여,
트라클은 군의관으로서 충분한 의약품이나 수술을 위한 마취제도 없이
중상자들을 돌보아야 했다.

52) 노발리스는 독일 낭만주의 시인으로 본명은 프리드리히 폰
하르덴베르크이며 1801년에 스물여덟 살의 나이로 세상을 떴다. 대표작으로
미완성 소설 「푸른 꽃」이 있다.

(gez. von Max v. Esterle)

Georg Trakl

1887년	2월 3일 오후 2시 30분, 잘츠부르크에서 철물상이던 아버지 토비아스 트라클(1837년생)과 마리아 카타리나(1852년생) 사이의 6남매 중 넷째로 태어나다. 위로 아버지가 첫 결혼에서 낳은 큰형도 있었다. 원래 빈의 노이슈타트에 터전을 잡고 있었던 그의 부친은 1879년에 잘츠부르크로 이사하여 부와 명성을 쌓았다. 게오르크가 유년을 보낸 잘츠부르크는 인구의 98퍼센트가 가톨릭이었지만 트라클 집안은 신교를 믿었다. 아버지는 유능하고 자유롭고 관대한 인물로 아이들의 지주 역할을 해준 반면 어머니는 냉정하고 독단적이며 속을 알 수 없는 사람이었다.
1890년	2월 27일, 동생 프리츠가 태어나다.
1891년	8월 8일, 여동생 마르가레테('그레틀') 태어나다.
1892년	가을, 가톨릭 학교의 종교 강의를 듣다. 여기서 에르하르트 부슈베크(1889년생)를 사귀게 되다.
1893년	가족이 바그플라츠 3번지의 집으로 이사하다. 1층에 철물점이 있고 그 위층에 가족이 거주했다. 게오르크는 처음엔 동생 프리츠와 한방을 썼으나 나중에 김나지움에 들어가면서 독방을 얻었다. 약물 중독이던 어머니 대신 가정교사 마리 보링이 그를 키웠다. 그녀로부터 프랑스어 교육을 받고 프랑스 문학에 관심을 가져, 랭보와 보들레르에 영향을 받는다. 주위에서는 활달한 아이로 평가했지만, 그 스스로 이미 다섯 살 때 자살 시도를 했다고 한다.
1897년	잘츠부르크 시립 김나지움에 입학하다. 학교에 다니는 동안 앞에 나서지 않고 친구들과 잘 사귀지 않다. 평생 우정을

맺은 두 살 아래 친구 부슈베크의 전언이다.

1901년   7월 13일, 성적 불량으로 김나지움 4학년을 유급당하다.

1904년   처음으로 시를 쓰기 시작하다. 뜻을 같이하는 친구들과
         문학 서클 '아폴로'(후에 '미네르바'로 바뀜)를 만들다. 학교
         공부를 하는 가운데 시에 대한 관심도 많아져 창작에
         열중하다. 특히 니체와 도스토옙스키에게 열광하다.
         랭보, 베를렌, 호프만스탈, 게오르게의 영향을 받다. 이
         시기에 인상주의풍의 시를 많이 썼지만 파기하다. 공부가
         지지부진하자 환각제에 손을 대다.

1905년   7월 15일, 7학년을 이수하지 못해 성적 불량으로
         김나지움을 중퇴(9월 26일)하고 제약사 수련의 길을
         택하다. 제약사는 대학 입학 자격 시험에 통과하지 않고
         할 수 있던 유일한 아카데믹한 직업이었다. 이 직업을
         택할 경우 군복무도 1년만 하면 되는 특혜가 있었으므로
         가족의 기대와도 부합하는 것이었다. 게다가 약물과 자살
         시도 등으로 봐서도 제약사 공부는 적절한 결정이었다.
         8월 18일, 잘츠부르크의 린처 가세에서 칼 힌터후버가
         경영하는 '춤 바이센 엥겔' 약국에 견습생으로 들어가다.
         가을, 극작가이자 소설가인 구스타프 슈트라이허와 사귀다.
         그의 영향으로 극작을 하다. 그의 극작의 모범은 입센과
         스트린드베리였다. 사춘기를 지나면서 말이 없어졌고
         사람들과 접촉을 피하고 퉁명스러워졌는데, 여동생
         그레틀과 은밀한 관계를 갖게 된 것도 이 시기이다.

1906년   3월 31일, 단막극 「죽음의 날」을 잘츠부르크 시립극장에서
         초연하다. 5월 12일, 첫 산문 「꿈나라」를 《잘츠부르크
         폴크스차이퉁》에 발표하다. 9월 15일, 「신기루」가
         잘츠부르크 시립극장에서 상연되었으나 별로 반응이
         없자 드라마 원고를 몽땅 폐기하고 그 뒤 1,2년 동안 창작
         휴지기를 갖다.

1907년 클로로포름, 아편, 모르핀 등 약물을 복용하다. 유곽을
        찾아가다.

1908년 2월에 제약사 시험을 치르다. 2월 26일, 첫 시 발표(「아침의
        나라」,《잘츠부르크 폴크스차이퉁》). 10월 5일, 제약사로
        자립할 요량으로 빈 대학 제약학과에 등록하다. 1년간의
        군복무를 위해 공부를 잠시 중단하다. 대학에서 문학
        및 음악서클 활동에 열성적으로 참여하다. 잡지《데어
        루프》에 시를 몇 편 발표하다.

1909년 제약사 예비 시험을 치르다. 봄방학을 잘츠부르크에서
        보내다. 4월 25일 전에 빈으로 돌아가다. 여름방학을 다시
        잘츠부르크에서 보내다. 문학적으로 상당한 발전을 이루다.
        9월에 여동생 그레틀이 음악대학에서 공부하기 위해
        빈으로 오다. 10월, 빈의 일간지에 문필가로 데뷔하다.
        헤르만 바르의 추천으로 세 편의 초기 시「지나가는
        이에게」, 「완성」, 그리고「경건」이《노이에 비너 저널》에
        실리다. 대도시 빈을 위협적으로 느끼다. 친구 부슈베크가
        법학공부를 위해 역시 빈으로 오자 그 상태를 조금
        극복하다.

1910년 3, 4월, 봄방학 동안 잘츠부르크 체류. 4월 21일 다시
        빈으로 돌아가다. 인형극「푸른 수염」쓰기 시작. 6월 18일
        아버지가 죽다. 경제적 어려움이 대두되다. 7월 하순, 칼
        크라우스에게 첫 편지를 쓰다.「몰락」,「뇌우 치는 저녁」,
        「아름다운 도시」등 완숙한 형식의 초기 시들이 나오다.
        7월에 제약학 석사 과정을 수료하다. 그레틀이 베를린으로
        이주하다. 10월 1일부터 1년간의 군복무를 위해 입대하다.
        약학대학 학생이었으므로 위생병과에 배속되다.

1911년 8월 12일, 이틀간 잘츠부르크에 머물다. 9월 30일, 군복무를
        마치고 집으로 돌아오다. 10월 3일부터 잘츠부르크
        문학예술협회 '판'의 회원들과 교류하다. 그곳에서 칼

크라우스와 사귀다. 집으로 돌아온 뒤 몇몇 정부 기관에
여러 차례에 걸쳐 구직 지원을 하여 공공토목부의 위생
및 회계 인턴 자리를 얻다. 그러나 그 일을 시작하기까지
1년의 공백이 있었으므로 10월 중순부터 전에 일을
했던 춤 바이센 엥겔 약국에 나가 일하다. 기다리는 일이
쉽지 않자 그 시간을 견디기 위해 온갖 약물에 손을
대다. 여기에 사적인 문제도 겹쳤는데, 1910년과 1911년
베를린 샬로텐부르크 음악대학에서 공부한 그레틀이
하숙집 여주인의 조카와 사랑에 빠져 부활절에 약혼한
일이었다. 상대인 아르투르 랑엔이 34살이나 연상으로
기혼이었던 데다 그레틀은 아직 미성년이어서 후견인인
어머니와 트라클의 이복형 빌헬름은 선뜻 결혼을 수락
못 했다. 빌헬름이 그레틀과 심하게 다투고 후견 권한을
게오르크에게 넘겼고, 게오르크도 결혼을 승낙 안 했으나
결국 두 달 뒤 뜻을 꺾다.

1912년 4월 1일, 인스부르크에서 군속 제약사 수습 일을 시작하다.
루트비히 폰 피커의 집에 묵다. 표현주의 성향의 반월간지
《데어 브레너》의 발행인인 그는 게오르크의 시적 후견인이
되어 주었다. 이 시기에 작품의 대부분을 발표하다. 5월
1일, 시「뭔 바람 부는 교외」가 인스부르크의《브레너》에
실리다.「악의 꿈」,「심연에서」 등의 유명한 시가 생겨나다.
폰 피커의 도움이 큰 역할을 하다. 7월 17일 그레틀이
베를린에서 결혼식을 올리다. 연말에 빈의 노동부에서
일을 시작하지만 하루 만에 그만두다.

1913년 1월 2일, 잘츠부르크로 돌아와 부슈베크를 만나다.
《브레너》에 시를 발표하다. 2월에서 4월 사이
잘츠부르크에서 병마에 시달리며 자포자기 상태에
빠지다. 그의 정신적 상태는 약물 복용과 누이와의 관계,
금전적 문제로 어릴 때부터 늘 불안했다. 4월 1일, 시집을

출간하자고 라이프치히의 출판업자 쿠르트 볼프로부터
제안이 오다. 4월 16일, 『시집』의 전체 원고를 쿠르트 볼프
출판사에 넘기다. 8월 셋째 주에 아돌프 및 베시 로스,
칼 크라우스, 페터 알텐베르크 등과 베네치아로 여행을
떠나다. 루트비히 폰 피커 내외도 합류하다. 크라우스가
발행하는 잡지 《디 파켈》에 규칙적으로 시를 발표하다.
12월 10일, 인스부르크에서 처음으로 공개적으로 작품
낭송을 하다. 자신의 시작품들을 연대기별로 정리하기
시작하다.

1914년   3월 6일, 『꿈속의 제바스티안』 원고를 쿠르트 볼프
출판사로 우송하다. 3월 중순, 유산 후 심한 후유증을
앓고 있던 여동생 그레틀을 보기 위해 베를린을 방문하다.
엘제 라스커 쉴러와 만나다. 7월 28일 오스트리아-
헝가리 제국이 세르비아에 선전포고를 하다. 8월에 자원
위생병으로 1차 대전에 참전하다. 동부 전선 갈리치아에
배치되어 오스트리아-헝가리 제국과 러시아 사이의
전쟁을 직접 체험하다. 위생장교로서 대략 100명의 병사를
혼자서 돌보다. 신경쇠약증에 시달리다. 9월 8일부터
11일까지 그가 속해 있던 위생병과가 처음으로 전투에
투입되다. 그로덱 전투는 그에게 재앙과 같은 인상들을
주다. 수많은 부상자들과 끔찍한 광경을 목도하고 후퇴 중
자살을 시도하였으나 살아남아 크라카우의 정신병과로
후송되다. 10월 24일과 25일 폰 피커의 방문을 받고 27일
그에게 두 통의 편지를 보내다. 한 통에는 『시집』 교정지와
두 편의 새로 쓴 시(「비탄」과 「그로덱」)가 들어 있었고,
다른 한 통에는 유언이 들어 있었다. 11월 3일에 코카인
과다복용으로 인한 심장마비로 27세로 사망하다. 11월
6일, 크라카우의 라코비츠 묘지에 묻히다.

1915년   그의 마지막 시작품들이 《브레너 연감》에 실리다. 시집

『꿈속의 제바스티안』이 라이프치히에서 출간되다.

1917년   11월 21일, 여동생 그레틀이 자살하다.

1919년   첫 시 전집이 칼 뢰트 주도 하에 라이프치히에서 출간되다.

1925년   유골이 오스트리아로 옮겨져 인스부르크 근교의 뮐라우
         공동묘지에 안장되다.

독일 표현주의 서정시의 스타

김재혁

1

독일 낭만주의를 대표하는 시인 하면 노발리스(1772-1801)가
떠오르고, 표현주의의 대표 시인이 누구인가라고 물으면 서슴없이
게오르크 트라클(1887-1914)이라는 이름이 나와 마땅하다. 둘 다
그 시기 문학의 맨 앞자리를 차지하는 시인들이다. 1912년에
트라클은 노발리스를 추모하여 이렇게 노래했다.

> 어두운 땅 속에 거룩한 이방인이 쉬고 있다.
> 신은 그의 부드러운 입술에서 비탄을 거두었다,
> 한창 꽃 피울 시절에 쓰러졌으니.
> 한 송이 푸른 꽃이 되어
> 그의 노래는 컴컴한 고통의 집에 살아남았어라.
> ──「노발리스에게」

노발리스가 프랑스 상징주의자들에게 끼친 영향은 두말할
것도 없다. 일찍이 랭보와 보들레르에게서 감동을 받아 시인의
길로 접어든 트라클은 노발리스의 뿌리를 찾은 것과 같다.
우연하게도, 아니면 운명적으로 이 시인들의 곁에는 약물과
마약이 있다. 각기 사정은 다르지만 욕망이 주된 이유이다.
노발리스는 밤을 찬양했고, 보들레르는 대도시 파리의 뒷골목
유곽을 노래했으며, 트라클은 우울과 무상함으로 물든 자신의
마음을 색색으로 그려 냈다. 위 시에서 눈에 띄는 낱말들은

노발리스를 지목하는 것이면서도 트라클 자신의 세계를 드러내는 것들이다. "어두운 땅", "거룩한 이방인", "비탄", "컴컴한 고통의 집"은 그의 환경과 그의 실존을 요약하는 것들이다. 그의 시에 독특성을 만들어 준 것들을 알기 위해서는 그 짧았던 생의 여정에서 두드러진 것들을 살펴볼 필요가 있다.

트라클은 오스트리아 잘츠부르크의 유복한 철물상인 아버지 토비아스와 어머니 마리아 카타리나 사이 6남매 중 넷째로 태어났다. 열여섯 살 때부터 약물과 담배로 육체를 물들이기 시작해 11년 뒤 그의 정신은 착란에 빠지고 결국 인생에 종말을 고한다. 다섯 살 어린 여동생 마르가레테에게 가졌던 지나치게 내밀한 감정은 비정상적인 면이 있었고, 이로써 자신들을 저주받은 가문의 후예로 규정하고 평생 죄책감에 시달린다. 이를테면 시 「그로덱」의 "태어나지 않은 손자"는 근친상각적 욕망의 결과를 암시한 것이다. 그는 날마다 몇 병씩 맥주와 와인, 증류주를 마시고 약물을 입에 대면서 점점 현실과 멀어진다. 1914년, 갈리치아 지방의 그로덱에서 겪은 오스트리아와 러시아 사이의 전쟁의 참상은 그를 죽음으로 이끈다. 11월 3일 코카인을 과다 복용하여 자살한다. 유복한 집안에서 태어났음에도 그의 기질과 어릴 적에 발을 들인 약물 탓에 그의 삶은 밝은 길을 걷지 못한다. 보들레르의 『악의 꽃』을 어릴 때부터 좋아했고, 그 영향으로 트라클 하면 마약과 약물이 자동적으로 떠오른다. 그의 시에서 광기가 번뜩이는 배경이다. 자살 시도도 여러 번 있었다. 약물 중독인 그가 약사가 된 것 자체가 비극의 시작이었다. 그의 삶은 스물일곱이라는 젊은 나이에서 멈춘다. 오빠가 죽고 3년 뒤 여동생 마르가레테 역시 스물다섯의 나이로 권총으로 자살한다.

2

트라클은 생전에 단 한 권의 『시집』(1913)을 출간했다. 사후에

『꿈속의 제바스티안』(1915)이 나왔다. 1915년 2월에 릴케가
트라클의 후원자였던 루트비히 폰 피커에게 보낸 두 통의
편지에는 트라클 시의 특징을 간명하게 드러낸 표현들이 있다.

어제 저녁에야 봉투에서 트라클의 「헬리안」을
발견했습니다. 시를 보내 주어 대단히 고맙습니다. 이
아름다운 시 속의 모든 시작과 흘러감은 이루 말할 수
없이 달콤합니다. 시 안에서 지켜지고 있는 거리들이
인상적이었습니다. 흡사 그 시는 휴지부(休止部)들 위에
건설된 것 같았습니다. 각 행들은 무한한 말없음을
둘러싼 몇 개의 울타리들처럼 서 있어요. 평편한 땅에
있는 울타리들 같았습니다. (1915년 2월 8일자)

그 사이에 나는 『꿈속의 제바스티안』을 받아서 곳곳을
읽어보았습니다. 감동적이고 놀랍고 예감에 차서 뭐라고
말을 할 수가 없었습니다. 거기서 나오는 소리의 울림과
소리의 사라짐의 조건들은 다시 가져올 수 없이 유일한
것임을 이내 깨달았기 때문이지요. 하나의 꿈을 잉태하는
상황처럼 말입니다. 내 생각으로는 가까이 서 있는
사람조차도 마치 유리창에 얼굴을 바짝 대고 바라보듯
이 광경과 모습들을 겪을 수밖에 없는 것 같습니다. 마치
밖으로 배제된 자처럼 말입니다. 트라클의 체험은 거울의
영상처럼 그의 방을 가득 채우고 있습니다. 그의 공간은
거울 속의 방처럼 들어갈 수가 없습니다. (1915년 2월 15일자)

같은 오스트리아 출신으로 직접 만난 적은 없지만 많은
관심을 갖고 있던 젊은 시인 게오르크 트라클의 시에 대해
릴케는 이렇게 말한다. "흡사 그 시는 휴지부들 위에 건설된
것 같았습니다. 각 행들은 무한한 말없음을 둘러싼 몇 겹의

울타리들처럼 서 있어요." 트라클 시의 특징을 릴케는 "한없는 말없음을 둘러싼 몇 겹의 울타리"라 칭한다. 트라클의 시는 말로 에워싸여 있지만 침묵에 가깝다. 무엇을 말하려는지 쉽게 알려 주지 않는다. 그러나 그의 시에서 우리는 끝없이 많은 색채들과 마주친다. 의미는 알 수 없지만 색채들의 향연은 즐길 수 있다. 트라클의 시는 색채로 연주하는 음악이다. 그의 세계는 이미지들의 얽히고설킴이다. 그의 이미지들은 어둡고 낯설다. 또한 거울의 영상과 같아서 트라클의 체험의 내용들을 직접적으로 느껴 보기 힘들다. 지극히 아름다우면서도 난해하다는 뜻이다.

독일 표현주의 시의 한 획을 그은 게오르크 트라클. 그의 세계를 독특하게 만들어 준 것은 그의 생에서 여동생 마르가레테와 그가 보고 느꼈던 풍경과 무대들, 그만의 시적 색채와 음악성이다. 풍경과 무대로는 들판, 계곡, 숲, 공원, 정원, 밭, 연못 등이 주로 등장한다. 보통 표현주의 시에 많이 보이는 대도시와 그 안의 인간 군중, 카페, 영화관, 도로 풍경 등은 거의 보이지 않는다. 색채 중에서는 파랑, 빨강, 황금빛, 은색, 검정, 갈색이 빈번하게 나타난다. 색채를 통해 하나의 새로운 세계를 건설하고 그곳에서 시인의 감정과 존재의 상태를 느끼게 해 준다. 각각의 색깔은 피아노의 건반과 같다. 각각에 맞는 음이 있고, 그 음들이 울려 하나의 교향곡이 된다. 그의 음악성은 시적 리듬뿐만 아니라 시에서 다루는 소재들에서도 엿보인다. 잡힌 지빠귀의 노래, 밤의 노래, 종소리, 피리, 트럼펫 등이 등장하여 각각의 소리를 연상시킨다. 또한 색채와 소리를 결합하여 보여 주기도 한다. "검은 가지 사이로 고통스러운 종소리 울린다."(「저녁에 나의 마음은」) 그의 시에서 기이하게 나타나는 표현들은 때로는 음향 쪽에서 호소하는 것으로 보아야 한다. "수정 같은 천사"가 그렇다. 색채, 음향, 리듬의 종합적 놀이인 그의 시는 논리적으로 파악할 것이 아니라 독자의 상상력에 맡겨질 대상이다.

우울과 전망 없는 사념은 시의 음조와 현란한 색채 속에
배어 있다. 정확히 계산된 음률은 트라클 내면의 슬픈 가락을
연주한다. 시적 화자는 구렁텅이에 빠져서 구원을 향해 절규한다.
그는 안식을 원한다. 그의 시는 죄의식에 절어 있는 자의 비탄의
노래이다. 차라리 침묵하고자 한다. 그러나 그 슬픈 음조는
더없이 아름답고 안타깝다. 시인의 언어는 가슴속 슬픔을 향한다.
바위 위에 앉아 고개를 떨어뜨리고 있는 남자의 모습이다. 계절
속에 있지만 그의 계절은 누구와 함께하는 시공간이 아니다.
1913년 그가 수첩에 적은 표현대로 "세계가 두 쪽으로 깨지면
그것은 말할 수 없는 불행이다." 이것이 그의 시 세계의 기본적
음조이다. 그의 시는 균열로 수렴된다. 그의 깨짐과 분열은 시민적
생활에 적응하지 못하는 그의 무능에서 출발한다. 누이동생
마르가레테에 대한 파멸적 집착으로 심적 분열은 더욱 심화된다.
「피의 죄」라는 시는 아주 젊은 시절에 쓴 미발표 작품이다.
이로써 트라클 시에 가문의 원죄의 색깔이 입혀진다. 그의 시에서
보이는 색채가 정상적인 빛깔이 아닌 이유이다.

　　　　우리가 키스하는 침상에 밤이 들이닥친다.
　　　　어디선가 속삭이는 소리. 너희 중 누가 책임질 거야?
　　　　방종한 육욕의 달콤함에 여전히 몸을 떨면서
　　　　우리는 기도한다. 우리를 용서해 주오, 마리아, 당신의
　　호의로!

　　　　꽃병에서는 탐욕스러운 향기가 솟아 올라와
　　　　죄로 창백해진 우리의 이마를 어루만진다.
　　　　후끈한 공기의 입김 아래 지친 채로
　　　　우리는 꿈꾼다. 우리를 용서해 주오, 마리아, 당신의
　　호의로!

하지만 사이렌의 샘물은 더 세차게 소리치고,
우리의 죄 앞에 스핑크스는 더 어둡게 치솟는다.
우리의 가슴은 죄스러운 빛으로 다시 울리고,
우리는 흐느낀다. 우리를 용서해 주오, 마리아, 당신의
호의로!

—「피의 죄」

시인의 세계는 완전히 깨졌다. 그의 시 속에는 깨진 세계
속에서 고통 받는 인간들의 모습이 끔찍한 이미지의 조합으로
나타난다. 그가 존경한 작가는 보들레르와 니체, 몰락의 모티프를
짊어진 사람들이었다. 가치는 깨지고 세계는 상실되었다. 그
와중에도 그는 구원을 꿈꾼다. 카스파 하우저의 인물로 아이를
꿈꾸고, 천사를 꿈꾸고, 구세주와 그리스도를 꿈꾼다. 또한 신을
꿈꾼다. 그의 시에서 몰락과 구원은 한 쌍의 개념처럼 떠오른다.
그는 낙원 같은 그곳에서 어머니의 품을 그리워한다. 근친상간이
죄가 되지 않는 원초의 세계로 돌아가고자 하는 것이다.

3

게오르크 트라클의 시는 난해하다. 그래서 더 매력적이다. 그
때문에 그의 작품은 지난 세기 동안 줄곧 주목을 받아 왔다.
20세기 중반에 이미 그는 연구계에서 초기 표현주의의 대표
시인으로 자리매김 되었다. 그의 작품은 그 난해성에도 불구하고
세계 각국의 주요 언어로 번역되어 그가 갖는 시문학적 위치를
가늠케 해 준다. 어둠에 휩싸인 그의 시적 분위기에 영향 받은
독일 시인도 한둘이 아니다. 오스카 뢰르케와 빌헬름 레만, 넬리
작스, 페터 후헬, 귄터 아이히, 에른스트 마이스터, 요하네스
보브롭스키, 잉에보르크 바흐만, 자라 키르쉬, 파울 첼란 등의
시에서 우리는 트라클 고유의 음조를 느낄 수 있다. 이들은
남모르게 트라클의 시를 읽으며 시작(詩作)을 했다고 할 수 있다.

트라클은 그만큼 현대시의 난해성을 모범적으로 구현한다. 1950~1960년대 해석학적 논의를 이끌어내며 신비평의 작품 내재적 해석을 촉발한 것도 그의 시였다. 마르틴 하이데거는 자신의 철학적 논의를 트라클의 시를 통해서 전개하고 있다. 그의 시 속에는 실존의 고통이 들어 있기 때문이다. 그렇게 언어적으로 절제되어 있음에도 그의 시에는 당대의 사회 현실이 고스란히 반영되어 있다. 제1차 세계대전에서 절정에 달한 문화적 재앙, 곳곳에서의 방향 상실과 주체 해체 등이 그것이다. 1969년에 두 권으로 된 트라클 역사 비평본을 편찬한 발터 킬리는 "트라클의 시는 내용상으로 해석할 수 없으며 발생사적으로도 꿰뚫어 볼 수가 없다"고 말한다. 그러나 1995년에는 6권짜리의 새로운 인스부르크 역사 비평본이 에버하르트 자우어만과 헤르만 츠베어슈나에 의해 출간되어 한 작품마다 발생사적인 발전과정을 한 눈에 볼 수 있게 되었다.

   트라클의 시를 누이와의 근친상간에 대한 '속죄 행위'로 읽는 심리학적 연구도 있다. 생전에 그를 후원해 준 루트비히 폰 피커는 트라클을 오스트리아 현대 문학의 대표로 보았다. 표현주의 전문가인 한스 게오르크 켐퍼 교수의 분류에 따르면, 트라클의 작품 세계는 보통 4단계로 나뉜다. 첫 단계는 생전에 출간되지 않은 『모음집』(1909)에 들어 있는, 아직 모방적이고 니체와 상징주의, 유겐트슈틸의 영향을 받은 작품들이다. 다음 단계는 1909년에서 1912년 여름 사이의 시기로 이른바 병렬 문체가 뚜렷하게 드러나던 표현주의 기법을 받아들인 때이다. 이 시들은 1913년에 출간된 『시집』에 담겨 있다. 세 번째 작품 단계는 1912년 말에서 1914년 봄까지의 시기로 병렬 문체의 경향을 다시 늦추고 시적인 서술의 경향으로 나아가던 시기이다. 그러면서 고유의 톤을 얻어 가던 이 시기는 『꿈속의 제바스티안』(1915)에 그 고유성이 잘 기록되어 있다. 마지막 단계는 1914년 여름부터로 사후에 《브레너》에 발표된 작품들이 주를 이룬다. 모티프들은 기념비적인 것들로 상승하고, 시적 화자는 태곳적인 형상세계 쪽으로 물러나 그곳에서 예언가처럼 전쟁의 발발을 감지하고 세상의 종말을 예언한다. 이 시기의 시적 특징은 리듬이 강한 짧은 시이다. 이 중에서 가장 중요한 단계는 『시집』과 『꿈속의 제바스티안』으로 대변되는 두 번째와 세 번째 시기이다. 본 트라클 시선집은 작품으로서의 가치가 미흡한 첫 단계를 제외하고 두 번째, 세 번째, 네 번째 시기의 것을 위주로 하여 꾸몄다. 트라클은 표현주의 회화처럼 내면의 색, 내면의 음향, 그리고 대상성에서 비대상성으로의 전이를 통해 즉 시적 내용의 추상화를 통해 성찰의 계기를 독자에게 선사한다. 성찰은 독자 고유의 몫이다.

트라클을 만나러 가는 길

박상순(시인)

이탈리아에서 나는 알프스 산자락을 거쳐 오스트리아로 향했다. 색채를 많이 사용했던 오스트리아 시인 게오르크 트라클 방식으로 시작해 보겠다. 봄이 오고 있었다. 산길을 오르던 자동차에서 잠시 내렸을 때 국경의 바람은 녹색이었다. 햇빛이 흰색의 동심원을 혼자 그리다가 내 앞으로 다가왔다. 내 안에 숨어 있는 주황색 고독의 심장을 열고 은빛의 작은 점들을 그 안에 떨어뜨렸다. 차가웠다.

차가움 때문에 잠시 눈을 감았다가 다시 눈을 떴다. 산 아래 언덕에는 뾰족한 지붕들이 새침하게 박혀 있었지만 나를 피해 모두 달아난 듯 인적은 없다. 산길을 지나는 자동차들도 사라진 듯 길마저 고요했다. 그래도 햇빛은 내게 은빛으로 '안녕'이라는 인사를 해주었다. 만남의 인사였을까, 이별의 인사였을까.

국경을 넘자 갑자기 알프스의 봄빛이 뒤로 물러서기 시작했다. 갑자기 갈색의 가을이 다가왔다. 푸른빛이 돌더니 빗방울 몇 점이 갈색 가을의 이마에 부딪혔다. 갈색 이마가 깨지고 빗줄기가 산속으로 사라지자 길 끝에서 다가온 거대하고 캄캄한 벽이, 밤의 침대 위에 성큼 올라섰다. 순식간에 내가 알던 세상이 사라져버렸다. 밤의 두꺼운 벽 속을 안개처럼 흘러서 나는 트라클의 도시, 잘츠부르크에 도착했다. 겨우 몇 개의 불빛만을 품은 계단을 올라갔다. 느린 음표의 자정과 함께 나는 잠이 들었다.

다시 세상이 시작되었을 때, 잘츠부르크의 아침은 차가운 검정이었다. 그러나 깨끗한 검정이었다. 검정의 왼쪽 골목에서

오직 침묵이라고밖에는 달리 말할 수 없는, 그런 사람 하나가
머리카락이 긴 갈색의 침묵 하나를 매달고 나왔다. 나는 아주
작은 유령처럼 서 있었다. 침묵 하나, 침묵 둘, 침묵 셋. 그런
침묵들 사이로 갑자기 비가 내렸다. 오는 듯 마는 듯 애매하게
내렸지만 결국 나는 어떤 건물의 유리창 앞으로 몸을 숨겼다. 그
순간 아주 맹랑한 빨강들이 "야호!" 소리를 내는 광경이 불쑥
다가왔다.

새빨간 옷을 입은 여러 명의 모차르트가 나를 얄밉게
쳐다보고 있었다. 진열장 안에 놓인 모차르트 초콜릿
깡통들이었다. 잘츠부르크는 시인 트라클의 고향이면서 작곡가
모차르트의 고향이기도 하다. 초콜릿 깡통의 모차르트들에게
나는, 국경을 넘으면서 당신의 음악을 들었다는 말을 속삭여
주었다. 모차르트들은 그러거나 말거나 얄미운 표정뿐이었다.
그래서 나도 새빨갛게 한껏 얄미운 표정을 지어내 모차르트들을
향해 내던졌다. 새빨간 모차르트들이 한꺼번에 몰려와 시비를
걸지도 모르니, 나는 곧바로 '미라벨 궁전의 정원'으로 달아났다.

하얀 석판 하나가 트라클의 시를 품고 벽에 붙어 있었다.
「미라벨 궁전의 음악」이다. 마지막 연은 다음과 같다.

> 하얀 이방인 하나가 집으로 들어선다.
> 개 한 마리가 피폐한 복도를 내달린다.
> 하녀는 등불을 끄고,
> 귀는 밤에 소나타 음악을 듣는다.

이 시에는 푸른, 하얀, 회색의, 어둠(밤), 그림자, 붉은. 네 개의
연에 모두 색깔을 가리키는 말들이 들어 있다. 시에서, 사람들은
조용하고, 저녁이, 밤이 온다. 불빛은 유령 같은 불안을 그리고,
폐허가 되어가는 복도. 하녀는 등불을 끈다.

이 시에서 나는 오래전부터 이런 복도를 달리는 개 한 마리와

등불을 끄는 하녀가 궁금했다. 하녀는 등불만 끄고 사라져서
계속 궁금하다. 하지만 밤과 소나타 음악이 하녀와 겹쳐져 어떤
무한의 장면으로 시선을 끌고 간다.

아침에 내가 초콜릿 깡통의 모차르트들에게 "당신 음악을
들으면서 왔다"고 했던 곡은 「Eine kleine Nachtmusik」(세레나데
13번)이라는 소나타 형식의 현악곡이었다. 트라클의 시에 나오는
소나타 소리는 아무래도 모차르트의 그 곡은 아닐 것이다.
트라클에게는 모차르트 같은 경쾌함은 없다. 봄이나 여름보다는
가을이, 경쾌함보다는 침묵이나 쇠락이 앞선다. 그는 가을이나
저녁, 고독이나 몰락을 그린 시인이다. 하지만 휘몰아치는 바람도
있다. 알프스를 넘어온 지중해의 바람이 그의 시에서 다른 모습이
되어 솟아나기도 한다.

특히 트라클이 사용한 색채 언어는 시각적, 회화적이면서도
저만의 분위기를 만들어 낸다. 그는 색채를 많이 표현한 시인으로
손꼽힌다. 과거 베르길리우스가 서사시 『아이네이스』에 500번
넘게 색채 용어를 썼는데, 트라클의 색채 표현 또한 그의 시
전체에 흘러넘친다. 색은 빛이나 원료와 밀접한 관계이니 색채는
현실과의 연관성도 지니지만 언어에서는 추상적인 세계나
상징적 의미로 치우치기도 한다. 그럴 경우에 의미나 해석은 대개
상식적이거나 뻔한 것에 머문다. 트라클의 색채에도 그런 점이
있지만 그는 이 색채들을 요리조리 빈틈으로, 안개의 악보를
그리듯, 비밀스럽게 잘 이끌고 갔다.

색깔은, 자연에서 자주 볼 수 있기에 그런 색(안료, 염료)을
만들기가 쉬워 보이지만, 사실 인간이 그런 색을 추출해서
사용하려면 원료에 대한 이해와 더불어 특별한 기술이 필요하다.
특히 트라클이 가장 많이 쓴 것으로 알려진 파랑은 과거에는
매우 귀한 색이었다. 구하기도 어렵지만 칠해진 결과도 신비롭다.
유럽에서 오랫동안 '진짜 파랑'이라고 말했던 울트라마린(ultra-
marine, 광택이 나는 짙은 파랑)은 청금석(靑金石)이라는 광물에서

얻는다. 유럽에는 없어서 바다(지중해)를 건너왔다는 뜻으로
울트라마린이라는 이름이 되었다. 트라클은 「어린 시절」에서
'푸른 순간에는 혼이 더 많이 실려 있다'고 했다. 그의 시에는 여러
색깔들이 빈번하게 등장한다.

그래서 트라클의 색채는 그 무렵 막 일어나기 시작한
오스트리아의 표현주의 미술과도 밀접하다. 표현주의 회화는
강렬한 원색들이 격렬하게 휘몰아치는 주관적인 표현이
특징이다. 트라클은 표현주의의 대표적인 화가이며 시인이기도
한 코코슈카의 작업실에도 자주 갔고, 코코슈카 그림의 제목을
「바람의 신부」로 바꿔주기도 했다. 「바람의 신부」는 화가 클림트,
작곡가 구스타프 말러, 화가 코코슈카, 건축가 그로피우스 등과
차례대로 연인, 아내, 연인, 아내였던 여인 알마와 코코슈카가
함께 누워 있는 그림이다.

트라클의 시는 회화적이다. 풍경화가 에스테를레와도 친밀한
사이였고. 그의 작업실에서 트라클이 원색을 마구 써서 직접
그린 자화상도 있다. 대단한 그림은 아니지만 트라클이 그림과
가깝게 지낸 정황을 말해 준다. '까마귀들은 연못 위에서 울고,
사냥꾼들은 숲을 내려온다.'는 트라클의 시 「겨울에」는 플랑드르
르네상스의 네덜란드 화가 브뤼헐(Bruegel)의 그림 「눈 속의
사냥꾼」을 연상시키기도 한다.

트라클의 색채는 현실을 넘어서는 표현주의의 출발 지점과도
가깝다. 표현주의를 향해 더 거칠게 나아가지는 않았지만
관습적인 말소리에 치중하는 운율적인 시에서 회화적인
표현으로 이동하는 현대시의 경향이 트라클에게 있다. 특히
트라클 시의 각 행들은 툭툭 던져 놓은 것 같은 시각적인
장면들이 두드러진다. 그런 장면들이 이어지면서 새로운
연상으로 나아간다. 이미지들의 병렬이기도 하고, 분절적
연결이기도 하다.

트라클은 친구(부슈베크)에게 보낸 편지(1910년)에서 "나의

그림(이미지) 방법(bildhafte Manier)은, 네 개 연(聯)에서 네 개의 개별적인 그림들이 하나의 고유한 인상을 만들기 위해 결합한다."고 했다. 그러나 그의 이미지들은 홀로 움직이는 고독한 가을이다. 그가 구사하는 그림이나 색채들은 어떤 현실의 단순 묘사로 환원될 수 없는 그림을 홀로 만든다. 새로운 의미를 품은 영상이며 고유한 메타포이기도 하다. 그런 그림 만들기는 현실 자연과 개념적인 추상의 중간쯤에서 새로운 의미와 형상을 만들어 낸다.

잘츠부르크의 오래된 상점 거리에는 글자 대신 여러 가지 모양으로 보기 좋게 만든 철제 간판들이 있다. 신발 가게의 철제 간판엔 신발 모양이 있는 식이다. 옛날에 글을 모르는 사람들도 알아볼 수 있도록 그렇게 만들었다는 인상적인 장식품들이다. 트라클의 시는 언어이면서 그림도 품고 있으니 문학과 미술의 특징을 함께 담은 형식이다. 트라클은 자신이 '아름다운 도시'라고 말했던 잘츠부르크에서 태어나 생애 대부분을 그곳에서 보냈다. 빈(비엔나)에도 있었다. 화려한 오스트리아 제국이 몰락하는 시기였지만 화가 클림트의 황금빛과 장식적인 아르누보, 화가 에곤 실레의 불안한 욕망이 그림으로 옮겨지던 바로 그 시대로, 쇠락과 새로운 출현이 교차하던 시절이었다.

트라클은 600년 역사를 지닌 인스부르크에서 많은 작품을 썼다. 첫 낭독회도 그곳에서 열렸다. 그날 어떤 사람들이, 그리고 몇 명쯤이 이 젊은 시인의 첫 낭독회 순간을 지켜보았을까. 나는 그것이 더 궁금하지만 알 수는 없다. 트라클이 주로 시를 발표한 《브레너》도 인스부르크에서 발행하던 문예지였다. 트라클이 자화상을 그렸던 에스테를레의 작업실도 인스부르크에 있었다.

인스부르크. 도시의 한가운데 대로에 서면, 눈으로 덮인 거대한 산맥이 고스란히 거리로 밀려들어올 것 같은 풍경을 지닌 오스트리아 알프스의 고원 도시이다. 트라클은 약제사로 일하면서 중심 도로인 마리아 테레지아 거리의 카페에서

《브레너》의 동인들과 어울렸다. 그러나 그곳에서 그는 우울함 때문에 폭발할 것 같다는 심정을 전했었다.

그래서 그의 시에는 천둥소리와 함께 내리는 비(뇌우)가 자주 등장한다. 뇌우는 자신의 불타는 우울 같은 것이 되어 밤을 정화한다. 뇌우는 그 이름처럼 매섭고 강렬하다. 자신의 열망을 담고 있다. 그리고 밤은 또 '죽음에 취해 작열하는 바람의 신부가 곤두박질치'는 황홀의 절정으로 치닫기도 한다. 하지만 몰락과 종말, 다가오는 세계대전의 핏빛을 예감하기도 한다.

트라클의 문장은 그 의미를 쉽게 파악할 수 없다. 하지만 그것은 트라클 시의 매력이며 시적 언어의 본질이기도 하다. 트라클의 언어는 '고요'나 '침묵'과 더불어 색채들까지도 현실 자연에서 한 걸음쯤 벗어나 새로운 인상이나 감각을 만들어 낸다. 그렇게 만들어진 연상이나 이미지는 선명하지만 결코 상투적인 무엇으로 포착되지 않는 특별한 존재들을 품고 있다.

트라클의 시 「미라벨 궁전의 음악」에 나왔던 하녀는 내게 여전히 궁금하다. 과거 시절이었기에 '하녀'라는 신분의 이름으로 등장하지만, 그녀는 내게 마치 '파랑'처럼 다르게 보이는 존재이다. 트라클의 시에서 하녀들은 고독한 가을을 스쳐 지나간다. 등불을 끄거나, 때로는 날씬한 모습으로 밤의 골목을 더듬으며 지난다. 어떤 시에서는 히아신스 꽃과 함께 등장한다. 그렇지만 「젊은 하녀」라는 긴 시에서도 망치 소리가 요란한 대장간 문 옆으로 스쳐 지나갈 뿐이다.

고독한 가을의 시인 트라클이지만, 그가 남긴 편지(1908년 10월 5일)에서는 "다시 내 안에 있는 멜로디를 듣고, 내 생생한 눈은 다시 그림을 꿈꿉니다. 모두 현실입니다! 나는 나와 함께 있고, 나는 나의 세계입니다! 무한한 선(善)으로 가득한 나의 온 세상, 아름다운 세상."이라고 썼다. 고독은 그저 공허가 아니라 생생한 몸과 황폐한 세계와의 긴장과 관계에서 나온다.

그래서 트라클의 시는 생생한 감각으로 다시 그린 가을의

떨림, 순수한 고독의 색채로 그린 인간과 세계의 풍경이며
인식이다. 순수한 비유의 언어가 회화적인 이미지와 더불어 쉽게
말할 수 없는 침묵의 아름다움을 빚어낸다. 봄, 여름, 언제라도
잘츠부르크에 가면, 또는 빈이나 인스부르크에 가면, 침묵과
고독이 빚은 트라클의 섬세한 아름다움을 만날 수 있다. 분명
초콜릿 가게의 모차르트들이 또 얄밉게 웃고 있을 테지만 그
모습 또한 경쾌하니 트라클의 순수한 고독과 대비되는 흥미로운
광경일 것이다.

이 책에는 표현주의 화가들의 작품이 실렸습니다.

세계시인선 46   푸른 순간, 검은 예감

1판 1쇄 찍음 2020년 8월 25일
1판 1쇄 펴냄 2020년 8월 30일

지은이   게오르크 트라클
옮긴이   김재혁
발행인   박근섭, 박상준
펴낸곳   (주)민음사

출판등록 1966. 5. 19. (제16-490호)
주소   서울시 강남구 도산대로1길 62
          강남출판문화센터 5층 (06027)
대표전화 02-515-2000   팩시밀리 02-515-2007

www.minumsa.com

ISBN 978-89-374-7546-7 (04800)
      978-89-374-7500-9 (세트)

* 잘못된 책은 구입처에서 교환해 드립니다.